"LE TEMPS DU THÉÂTRE"
série dirigée par Georges Banu et Claire David

DANS LA MÊME SÉRIE

Georges Banu, *Mémoires du théâtre*, 1987.
Bernard Dort, *La Représentation émancipée*, 1988.
Danièle Sallenave, *Les Epreuves de l'art*, 1988.
Yannis Kokkos, le scénographe et le héron (ouvrage réalisé par Georges Banu), 1989.
Jean-Pierre Sarrazac, *Théâtres intimes (de Strindberg à Duras)*, 1989.
Charles Garnier, *Le Théâtre*, 1990.
Daniel Besnehard, *Comédiennes en mémoire*, 1990.
Philippa Wehle, *Le Théâtre populaire selon Jean Vilar*, 1982, rééd. 1991.
Jacques Lassalle, *Pauses*, 1991.
Yoshi Oida, *L'Acteur flottant*, 1992, rééd. 1993 (avec le concours de l'AET).
Bernard Sobel, *Un art légitime*, 1993 (avec le concours de la ville de Gennevilliers).
Thomas Richards, *Travailler avec Grotowski sur les actions physiques*, 1995 (avec le concours de l'AET).
Luc Bondy, *La Fête de l'instant. Dialogues avec Georges Banu*, 1996 (avec le concours de l'AET).
Monique Borie, *Le Fantôme ou le Théâtre qui doute*, 1997 (avec le concours de l'AET).
Frédéric Maurin, *Robert Wilson, le temps pour voir, l'espace pour écouter*, 1998 (avec le concours de l'AET).
Yoshi Oida, *L'Acteur invisible*, 1998.
Georges Banu, *Notre théâtre, "La Cerisaie"*, 1999.
Guy Scarpetta, *Kantor au présent*, 2000.
François Regnault, *Théâtre - Equinoxes*, 2001.
François Regnault, *Théâtre - Solstices*, 2002.
Didier-Georges Gabily, *Notes de travail*, 2003.

PIPPO DELBONO
MON THÉÂTRE

Cet ouvrage a été réalisé avec le soutien de :
La compagnie Pippo Delbono, Le Quartz - Scène nationale de Brest, la maison de la culture de Bourges, Le Carreau - Scène nationale de Forbach et de l'Est mosellan, La Comédie - Scène nationale de Clermont-Ferrand et La Scène nationale de Sénart.
Remerciements à Christian Leblanc. Ainsi qu'aux photographes Franco Pagetti, Simone Goggiano, Paolo Alonso, Guido Lotti et Bruno Marchetti.

ISBN 2-7427-4590-4

Photographie de couverture :
Pippo Delbono dans *Gente di plastica*, 2002

PIPPO DELBONO
MON THÉÂTRE

Livre conçu et réalisé par
Myriam Blœdé et Claudia Palazzolo

Le Temps du théâtre / *ACTES SUD*

Pippo Delbono, homme de théâtre italien, s'est imposé sur la scène française. Présence originale, il répond sans doute à une attente, car son théâtre hors normes se nourrit de la vie tout en se réclamant de l'art.

Accompagné par Myriam Blœdé et Claudia Palazzolo, familières de son œuvre, il restitue ici le parcours qu'il a suivi et les choix qu'il a assumés. Ce livre à la première personne, qui fait le point sur une aventure encore en mouvement, s'inscrit dans la continuité de *Barboni* (Ubulibri, 1999), ouvrage qui, en Italie, a révélé l'identité de Pippo Delbono. D'un livre à l'autre, sa voie se dessine et son identité s'affirme. Présent plus que nul autre, impliqué et menacé, il participe pleinement au "Temps du théâtre".

G. B. et C. D.

SOMMAIRE

AVANT-PROPOS

Lieu de l'altérité, c'est-à-dire de l'humanité par excellence, le théâtre de Pippo Delbono pourrait nous renvoyer aux origines de la commedia dell'arte, en ce temps où, aux marges de la société, le comédien vivait parmi ses semblables – les mendiants, les estropiés, les charlatans, les bouffons et les fous.

Ce théâtre qui a d'abord été pour son créateur une planche de salut, un mode de survie, est régi par les principes de la nécessité et de la rencontre – liés au vécu d'homme et d'artiste de Pippo Delbono, indissociables de son activité et de sa création. Nécessité au sens où le théâtre serait une expérience "vitale", susceptible de transformer ceux qui s'y engagent. Rencontre dans la mesure où le théâtre est art de la relation, du rapport à autrui.

Créée en 1986 par Pippo Delbono avec l'acteur argentin Pepe Robledo, la compagnie Delbono rassemble des acteurs qui évoluent à la lisière de l'institution théâtrale italienne, parmi lesquels certains sont considérés comme des marginaux, des exclus de la société. Au premier rang d'entre eux se place Vincenzo Cannavacciuolo dit Bobò, un homme de soixante-sept ans, microcéphale et sourd-muet, qui porte à ses sommets "l'art du petit geste".

Si l'être humain est au centre de l'univers qu'il déploie sur scène, il n'y a aucun pathos dans la démarche de Pippo Delbono. Les corps dans leur diversité, dans la diversité de leurs conditions, de leurs expériences et de leurs expressions sont la clé de voûte de son théâtre. Un théâtre dont le langage est aussi composite que sa compagnie et dont les références sont moins théâtrales que musicales et chorégraphiques, plastiques et cinématographiques, parce qu'elles sortent tout droit d'une malle aux accessoires bourrée de visages, d'impressions, de situations et d'expériences vécues.

Entre la parade, la revue populaire et la danse-théâtre, les pièces de Pippo Delbono se présentent comme des collages d'images et d'actions, de musiques et de danses, de fragments de textes et d'adresses au public, de microrécits de vie et de situations banales, quotidiennes. Une ronde ou un rock'n'roll y ont la même valeur chorégraphique qu'un mouvement choral ou un solo de danse traditionnelle, le geste y a la même portée dramatique que la parole ou la musique, et les souvenirs personnels de Pippo Delbono croisent les écrits de Pasolini, le théâtre de Beckett ou la voix des guérilleros du Chiapas.

L'apparence de désordre et d'improvisation qui règne sur la scène est le fruit d'une rigoureuse mise en scène du chaos. Et l'absence de hiérarchie entre les différents éléments répond à la volonté d'approcher le monde sous tous ses angles, pour en saisir la complexité. Compositeur d'énergies, d'impulsions, de rythmes, Pippo Delbono est un conteur, mais un peintre aussi qui, dans ses mots mêmes, *passe* en images les mémoires, individuelles et collectives. Et l'individu se voit toujours réinscrit dans son rapport avec la communauté. Dans le contexte de la représentation et par la voix du metteur en scène, l'anecdote accède ainsi à la dimension de l'allégorie.

Dans l'œuvre de Pippo Delbono, il serait inutile de chercher des critères de création rigides, une méthode. Chaque pièce est envisagée comme un processus, une remise en cause, un nouveau terrain d'expérimentation dans lequel l'accident – rencontre, événement… tout ce qui se produit hors de l'espace et du temps dévolus à l'écriture, tout ce qui vient interférer dans ce temps, cet espace – est bienvenu. Pourtant, au-delà des ruptures et des déséquilibres volontaires, des figures, des motifs resurgissent et évoluent d'un spectacle à l'autre, composant un paysage d'une totale unité.

Unité qui tient aussi à l'exigence première qui anime Pippo Delbono à l'égard de ses interprètes comme des spectateurs auxquels il s'adresse. Toucher des personnes qui sont loin du théâtre, trouver un langage qui leur parle, ménager dans le spectacle des moments de vide pour inviter chacun à les combler avec son expérience. Penser le théâtre comme lieu de reconnaissance de l'unicité de chacun, comme lieu d'amplification et de partage de la différence, comme lieu de la rencontre. Un théâtre à l'épreuve de la vie.

La danse qui revient si souvent dans les textes et les propos de Pippo Delbono est un état d'âme, une attitude par rapport à la vie, un mode de pensée. De même, beauté, vérité, simplicité – concepts si chargés qu'ils sont éludés par la pensée contemporaine – désignent chez Pippo Delbono des objectifs à atteindre.

MYRIAM BLŒDÉ ET CLAUDIA PALAZZOLO

Ingénieur à l'Institut d'esthétique des arts contemporains (IDEAC) du CNRS, Myriam Blœdé est membre du comité de rédaction de la revue *Cassandre* et conseillère de Vidéodanse, au Centre Pompidou (Paris).

Maître de conférences au département arts de la scène, de l'image et de l'écran de l'université Lumière Lyon-II, Claudia Palazzolo est conseillère danse de ZO centro culture contemporanee de Catane (Sicile).

Pippo Delbono.

UN VOYAGE DE MILLE LIEUES COMMENCE TOUJOURS PAR UN PAS

As-tu un imaginaire théâtral lié à l'enfance, autrement dit quelles seraient les sources profondes de ton théâtre ?

La première fois que je suis monté sur un plateau, j'avais quatre ou cinq ans. C'était dans ma petite ville de Varazze, dans le cadre d'un théâtre paroissial. Je jouais le rôle de l'enfant Jésus : j'arrivais à la fin pour donner la bénédiction. Mais la veille du spectacle, j'étais allé manger chez ma grand-mère et, comme je suis resté trop longtemps à côté du poêle, je me suis brûlé la joue. Alors quand je suis entré en scène, j'avais le visage complètement tuméfié. Ce fut ma première expérience de théâtre… et, déjà, ça commençait avec le handicap !

Dans un de tes textes tu fais allusion au fait qu'enfant tu avais l'air d'un "petit ange". C'est à ces premiers pas sur scène que tu fais allusion ?

Oui, parce qu'à l'époque j'avais les cheveux très longs. Quand je participais aux pièces du théâtre paroissial, je jouais toujours le rôle de Jésus enfant…

Tu as la nostalgie de ce rôle ?

Un peu ! Le film que j'aime le plus c'est *L'Evangile selon saint Matthieu* de Pasolini. J'y trouve tout, ma vie… Par ailleurs, mon oncle a longtemps fait du théâtre en amateur, et mon père aussi. Moi j'aimais le théâtre religieux, mais mon oncle et mon père avaient une prédilection pour le théâtre comique : ils jouaient les comédies de Govi*, un grand acteur qui fut le créateur du théâtre dialectal génois – même s'il n'a pas la réputation d'un Eduardo De Filippo. Mon oncle a joué des pièces en dialecte pendant près de soixante ans.

Du temps de Pasolini, j'étais tout petit, c'était les années 1960, les années du boom économique, tout le monde achetait les premières Fiat 600, les premières machines à laver, les premiers téléviseurs ; je me souviens que mon père venait nous chercher à l'école, ma sœur et moi, et il nous appelait de loin en génois. A cette époque où tout le monde se projetait dans la nouveauté, la modernité, aucun enfant ne parlait plus en dialecte et nous en éprouvions beaucoup de honte. Mais c'était sa volonté expresse d'être à part en toutes circonstances.

*La rabbia***

Le théâtre était lié pour moi au cercle familial et à toutes sortes d'anecdotes de cette petite ville dont mon oncle était aussi le maire. J'ai gardé beaucoup de souvenirs, beaucoup d'images de ce théâtre plein de vie, de vérité et d'ironie – un théâtre d'une grande simplicité, mais qui ne manquait pas de savoir-faire : c'étaient des amateurs,

* Gilberto Govi (1885-1966), référence incontournable pour le théâtre en dialecte génois.

** Les citations des textes de Pippo Delbono ont été traduites de l'italien par Myriam Blœdé et Claudia Palazzolo.

mais au sens plein, ils étaient animés par l'amour du théâtre. Mon père, par exemple, rentrait très tard de son travail – il était employé dans un hôpital – et, après dîner, il repartait pour répéter pendant deux, trois, quatre heures parfois ; mais ça le rendait heureux, ça lui donnait beaucoup de vie.

Mon père avait une forte relation à l'art, à la musique, à la poésie. En même temps, c'était un homme qui éprouvait une sorte de difficulté à vivre et l'image de sa mélancolie se mélange dans mes souvenirs à sa passion pour la musique. Il écoutait beaucoup de musique classique, mais il jouait du violon aussi. C'était encore plus sérieux pour lui que le théâtre parce que le violon est un instrument difficile, ingrat. Il était très fier d'être un descendant de Paganini et il travaillait le violon chaque jour, pendant des heures. Mais un jour il a décidé d'arrêter complètement et il est passé au piano.

Quand j'étais petit, il m'a initié à toutes sortes d'instruments : violon, accordéon, piano, guitare, mais je trouvais ça ennuyeux, c'était un peu une obligation. J'ai surtout pratiqué l'accordéon et, quand j'avais huit ou neuf ans, j'ai participé à un concert. Je devais jouer un petit morceau, *Le onde del Danubio*, mais, à un moment, j'ai perdu tous mes moyens. La dame qui avait organisé cette soirée était derrière le rideau et m'encourageait à continuer, alors j'ai continué, j'ai répété les mêmes trois phrases musicales pendant un temps infini – c'était vraiment une sensation terrible. Après, j'ai laissé tomber l'accordéon. Mais pour mon premier spectacle, *Il tempo degli assassini*, j'ai repris l'accordéon et je joue le même morceau : je ne sais pas si ce sont les mêmes notes, mais, comme ce jour-là, je joue comme un disque rayé, en restant bloqué.

A l'école primaire, chez les bonnes sœurs, j'étais très bon élève et au collège, où on faisait d'ailleurs un peu de théâtre, c'était pareil : j'étais

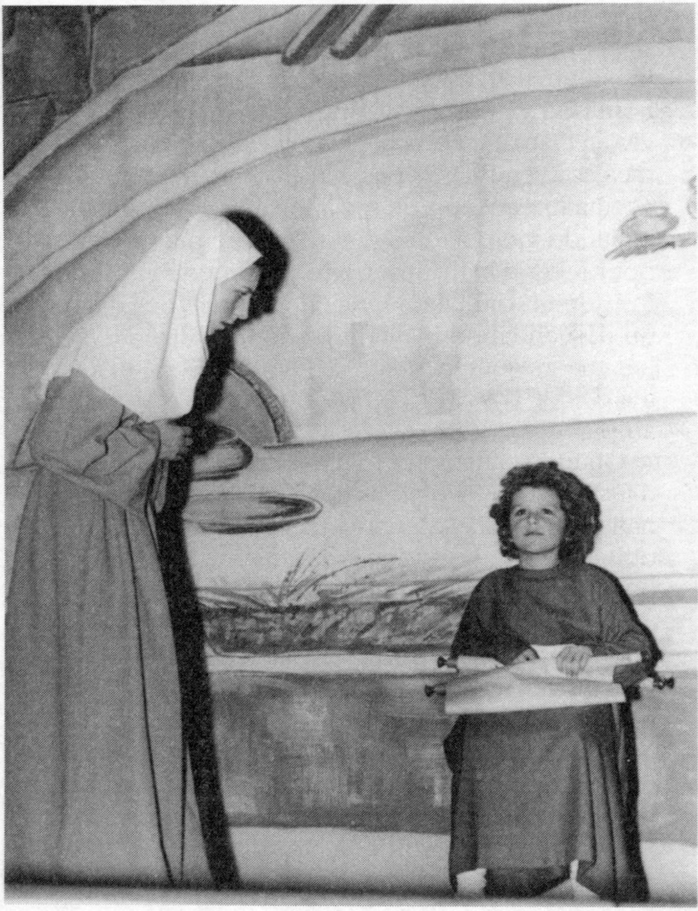

Pippo Delbono en Jésus enfant, Varazze.

toujours le premier de ma classe, on me citait en exemple. Cela suscitait beaucoup de jalousie, parce que les prêtres étaient très durs, et les autres élèves se vengeaient sur moi. Ça a été la période la pire de mon enfance, alors le théâtre me paraissait peut-être le moyen de prendre une revanche.

Quand je suis arrivé au lycée, je suis passé complètement de l'autre côté. J'étais devenu un cancre, je restais avec ceux qui ne fichaient rien et je passais pour quelqu'un de beaucoup plus stupide, mais j'étais beaucoup, beaucoup plus tranquille. Entre quatorze et dix-huit ans, je ne supportais rien, j'étais dans la négation totale de l'art, de la poésie, de la littérature. Pourtant, j'ai eu l'occasion d'assister à des représentations théâtrales – du théâtre classique cette fois, un théâtre de texte, très conventionnel, mais qui me touchait beaucoup : il y avait une force, une magie, qui me donnait envie de monter, moi aussi, sur un plateau. Mais je détestais qu'on me parle de Dante. Tous les grands poètes ne valaient rien à mes yeux… jusqu'à la fin des années de lycée qui a marqué ma "réconciliation" avec la poésie.

Et puis, j'ai fait la connaissance de Vittorio.

Je voudrais vous raconter une histoire. Il était une fois un garçon qui vivait dans un petit village de la côte ligure. Une soir, il entra dans un café et, là, il rencontra un jeune homme qui buvait une bière. Comme ça. Avec beaucoup d'élégance. C'était un gars étrange, ou du moins le garçon le trouva très, très étrange. Aussitôt, ils devinrent très amis. Ils firent ensemble beaucoup de voyages. Paris, Amsterdam, Londres, Bruxelles… Le jeune homme entraîna le garçon sur la route de l'alcool, du sexe, de l'héroïne. Le jeune homme aimait courir la nuit au bord des précipices. Il n'aimait se baigner que quand la mer était très houleuse. Et le garçon avait toujours plus peur de le suivre. Alors les bagarres commencèrent. Une nuit, dans un hôtel de Marrakech, le garçon entra dans la chambre où dormait son ami. Il ouvrit doucement la porte pour ne pas le réveiller, s'allongea à côté de lui et pensa : "Ami, je voudrais te tuer." Et vous savez comment ça s'est fini ? Il est mort l'ami. Ça rime aussi. Moi aussi j'avais un ami. Il est mort. Un accident. Bon, est-ce vraiment si bizarre ?

Il tempo degli assassini

Vittorio avait une personnalité complexe. Pendant huit ans, ce fut une amitié totale, exclusive, un mélange d'amour et de haine. Avec lui, on se retrouvait toujours dans des situations impossibles, à la limite. C'était une relation passionnelle, complètement schizophrénique, dont je n'arrivais pas à me détacher. Pourtant, à certains moments, je me disais que j'avais autre chose à vivre, que je devais échapper à l'influence, au poids de cette histoire.

Le théâtre a été un moyen d'échapper à l'emprise de Vittorio. En tout cas c'est à peu près à l'époque où il s'est mis à toucher à l'héroïne que je me suis inscrit à l'école de théâtre de la province, à Savona. Ça a été ma première grande trahison. J'étais déjà à l'université, je faisais des études d'économie, mais j'avais une certaine nostalgie du théâtre. Pourtant, j'avais du mal à faire admettre ce désir à ma famille. Quand on vit dans une petite ville comme Varazze, c'est difficile d'imaginer qu'on puisse faire une carrière d'acteur : pour ma mère, pour ma famille, je devais faire des "études sérieuses".

J'ai d'abord passé une audition à l'école du Teatro Stabile de Gênes, mais je n'ai pas été pris. Alors je suis entré dans cette école de Savona.

En quoi consistait le programme ?

La plupart des écoles de théâtre en Italie sont associées à un théâtre et l'enseignement y est plutôt traditionnel. Il y a quelques lieux de formation un peu différents, mais en Italie ils sont excessivement rares. A Savona, on enseignait l'histoire du théâtre, la dramaturgie, la diction, le jeu d'acteur, un peu de mime, un peu de danse… On montait aussi des spectacles, mais l'enseignement était complètement fragmenté et c'était une conception du théâtre totalement psychologique. Au début, j'avais trois jours de cours par semaine, puis six heures par jour. Mais je continuais l'université en parallèle, et je ne croyais pas vraiment que cette école m'amènerait à faire du théâtre, même si j'en avais le désir. D'autres élèves de l'école s'intéressaient à la mise en scène, mais je n'en voyais pas du tout l'intérêt. Je pensais seulement à être sur le plateau, à être acteur et je ne comprenais même pas ce que cela signifiait de mettre en scène.

Dans cette école, est-ce qu'on vous parlait d'expériences ou de conceptions du théâtre différentes de celles qu'on vous enseignait ? De Luca Ronconi ou Carmelo Bene, de Jerzy Grotowski et Eugenio Barba, par exemple ?

Il ne faut pas oublier qu'il s'agit d'une région très arriérée sur le plan culturel. Quand le Living Theatre est arrivé à Savona, il y avait quinze ou vingt personnes dans la salle, pas plus. Lindsay Kemp est peut-être venu à Gênes à l'époque et, bien plus tard, quand Pina Bausch a présenté *Orphée et Eurydice*, j'ai invité des amis à voir le spectacle, mais il y avait tout au plus une centaine de personnes dans la salle et la plupart n'avaient vu aucun de ses spectacles auparavant. Dans le Sud de l'Italie finalement, à Palerme ou à Naples, on peut découvrir des formes artistiques beaucoup plus variées. La Ligurie est encore aujourd'hui très attachée à la tradition et a peur de tout ce qui en sort. Quand nous jouons à Gênes, notre travail reste très surprenant pour le public. Alors à Savona… Savona est une ville perdue, dans une région perdue.

A l'école de théâtre, on nous parlait d'autres pratiques, mais la plupart du temps pour les critiquer. Notre directeur défendait le "théâtre total" – une étiquette qui me paraît plutôt ridicule aujourd'hui. Mais c'est tout de même grâce à lui que j'ai découvert l'existence de Grotowski et c'est ainsi qu'en 1981, je crois, j'ai décidé de faire un stage avec le grand acteur de Grotowski, Ryszard Cieslak* : j'ai appris qu'il recherchait des personnes pour monter un spectacle et j'ai décidé de partir à Pontedera pour me présenter. C'était pour moi une démarche très angoissante parce que c'était la première fois depuis bien longtemps que je me lançais sans Vittorio dans une aventure et que je quittais seul mon contexte familier. Quand tu fais du théâtre dans ta ville, tu restes dans un environnement que tu connais, cela te permet de conserver un équilibre, des repères. Pour la première fois, je partais seul dans un lieu pour y faire une expérience. J'ai fait un premier séjour à Pontedera, puis Cieslak m'a fait revenir une deuxième fois, pour un séjour un peu plus long peut-être, je ne me rappelle plus, mais à la fin il ne m'a pas gardé pour le spectacle.

En tout cas, ce fut une expérience bouleversante, très forte sur le plan émotionnel, et très douloureuse. Cieslak traitait l'improvisation comme un processus psychodramatique. On improvisait, sur le thème de la violence par exemple. Comme Cieslak nous mettait en condition d'aller chercher la violence à l'intérieur de nous, cela se traduisait par une certaine brutalité entre les

* L'acteur polonais Ryszard Cieslak (1937-1990) représente l'accomplissement des recherches sur l'acteur de Grotowski. Il affirme un langage corporel qui conjugue précision et intensité dramatique.

participants et je découvrais que j'étais l'un des plus violents : il y avait un exercice dans lequel je devais fouetter un autre acteur et je me suis rendu compte que je pouvais devenir un monstre – ça m'a fait peur en même temps. Il y a une femme, dans le groupe, qui a perdu la tête : elle s'est mise à tourner, à tourner, à tourner sur elle-même… C'était un fonctionnement très bizarre : parfois Cieslak estimait que c'était le moment de travailler, même en pleine nuit, alors il allait réveiller tout le monde et on se mettait à travailler.

Il s'est passé toutes sortes de choses et, surtout, j'ai découvert à quel point le théâtre pouvait toucher des lieux profonds, intimes. Ça n'avait rien à voir avec tout ce que je connaissais du théâtre, mais je pouvais intégrer cette découverte dans mon projet d'acteur. Parce que je me rendais compte que, de cette manière, je pouvais y faire entrer ma vie, des choses qui m'appartenaient en propre. Il ne s'agissait plus de travailler sur le texte de quelqu'un d'autre ou d'incarner un personnage, mais de s'engager soi-même et peut-être aussi de se découvrir soi-même. C'était une situation magique, mystérieuse, mais inquiétante aussi. Avant de quitter Pontedera, je ne sais pas si Cieslak l'a trouvé, mais j'ai glissé sous sa porte un petit mot sur lequel j'avais simplement écrit "merci".

Jusque-là, le théâtre n'était sans doute pour moi qu'une histoire d'apparence, une façon de se montrer, de se mettre en valeur, presque un rôle social : une position dans laquelle tout le monde te regarde et t'admire. Avec cette expérience, j'ai découvert que le théâtre était un autre lieu, une autre façon d'être, un engagement qui t'imposait parfois de te détruire toi-même, de perdre, d'abandonner ou de renoncer à certaines choses. Comme la prêtrise…

Comment as-tu pu retourner à l'école de Savona après le stage avec Cieslak ?

J'ai repris avec beaucoup de force, mais j'ai eu des problèmes avec le directeur qui trouvait que j'étais devenu un peu trop radical dans ma vision du théâtre et que j'introduisais de la rébellion dans l'école. Je faisais beaucoup de provocation, je remettais en cause tout cet enseignement, toute cette conception du théâtre, mais aussi l'organisation même de l'école. Je voulais rompre avec ce théâtre. Certains élèves me regardaient bizarrement, mais j'en ai convaincu d'autres avec qui j'ai formé un groupe qui cherchait à travailler de manière un peu différente. Jusqu'au jour où le directeur m'a dit que je devais quitter l'école, sous prétexte que je ne me soumettais plus à la discipline, aux horaires…

ÊTRE DANS L'ACTION... JUSTE ÊTRE LÀ

Peu avant ton renvoi de l'école de théâtre de Savona, tu as fait la connaissance de l'acteur argentin Pepe Robledo qui a été ton maître avant d'accompagner tout ton itinéraire artistique. Pepe était issu d'une compagnie engagée, le Libre Teatro Libre qui avait éclaté en 1976, au lendemain du coup d'Etat en Argentine. Il avait alors quitté l'Amérique latine pour l'Europe où, attiré par le mode de travail de l'actrice Iben Nagel Rassmussen, il rejoignit Farfa, le groupe d'études qu'elle dirigeait au sein de l'Odin Teatret*. Peux-tu raconter les circonstances de ta rencontre avec Pepe ?

Notre directeur était un peu politicien et il s'informait sur les différentes pratiques théâtrales. En 1982, il est allé à l'Odin Teatret pour voir le travail d'Eugenio Barba qui était très présent en Italie à l'époque, et il a invité deux membres du groupe Farfa, Pepe et Daniela, à diriger un stage à l'école de Savona.

* L'Odin Teatret, groupe de recherches théâtrales basé depuis 1966 à Holstebro au Danemark, a été fondé en 1964 par le metteur en scène Eugenio Barba, proche de Grotowski. Barba a défini une méthode de recherche sur l'acteur, basée sur l'entraînement physique et vocal, et sur l'improvisation. Iben Nagel Rassmussen, comme tous les acteurs de la première génération, avait développé une méthode de travail personnelle. A la fin des années 1970, elle choisit quelques acteurs qu'elle avait vu travailler pour former Farfa, un petit groupe auquel elle voulait transmettre son expérience.

J'ai alors découvert le travail de l'Odin, son histoire. C'était encore une expérience nouvelle, tout à fait différente et opposée aussi au travail de Cieslak. Pepe, par exemple, nous faisait faire des exercices d'acrobatie interminables et je n'y comprenais rien, je ne comprenais pas à quoi cela servait, quel sens ça avait. Avec Daniela c'était plus facile parce qu'elle nous faisait travailler sur la voix et ça ressemblait davantage à des choses que j'avais déjà pratiquées. En revanche, les exercices totalement incompréhensibles que nous faisions avec Pepe me plongeaient dans des états vraiment étranges. Ce travail était aussi fort, aussi troublant que l'expérience avec Cieslak, mais il ne me touchait pas de la même manière parce qu'il me confrontait à d'énormes difficultés physiques.

En 1983, la rencontre avec Pepe et avec le groupe Farfa a été comme un souffle d'air. Je traversais une période très compliquée, avec Vittorio, avec ma famille : mon père venait de mourir et ma mère, à qui ma passion pour le théâtre posait beaucoup de problèmes, voulait que je prenne des responsabilités… Mais Pepe devait partir animer un stage en Grèce, il m'a proposé de l'accompagner en tant qu'assistant et j'ai accepté. Vittorio m'a encouragé à y aller, mais au moment du départ je ne trouvais plus mon passeport : après sa mort, sa mère a trouvé mon portefeuille, caché dans un tiroir, au milieu de ses affaires…

En Grèce, on travaillait toute la journée avec un groupe de stagiaires et puis, toute la nuit, je continuais à m'entraîner avec Pepe – c'était très dur physiquement, mais j'étais en confiance et j'aurais été capable de grimper à un arbre sans comprendre, sans penser à rien.

Le jour de l'accident de Vittorio, je me sentais très mal, comme si je sentais ce qui lui arrivait. Avant mon départ, il avait insisté pour que je lui prête la moto avec laquelle nous avions tant voyagé tous les deux. Je ne voulais pas, mais finalement je la lui ai laissée.

Quand je suis rentré en Italie, il était dans un coma profond. Pendant deux mois, j'ai fait tous les jours quarante kilomètres, l'aller-retour entre Varazze et Gênes, pour aller le voir à l'hôpital. Et puis il est mort. C'est à la même période que j'ai arrêté mes études universitaires, pourtant j'avais presque terminé. Au fur et à mesure des difficultés que je rencontrais dans la vie, je m'abandonnais de plus en plus dans le théâtre. Jusqu'au moment où j'ai décidé de couper réellement les ponts, de faire une vraie rupture.

Après la mort de Vittorio, j'ai touché le fond, mais j'ai aussi trouvé le courage de sauter le pas et de me consacrer au théâtre. Quand je dis maintenant aux acteurs qu'il faut travailler sans penser, c'est véritablement l'expérience que j'ai faite : j'ai perdu Vittorio ce qui a provoqué une violente douleur, mais ce travail sur le corps, un travail forcené qui empêchait de penser, de réfléchir et de projeter surtout, m'a aidé à m'en sortir. J'avais rencontré l'Odin à ce moment-là et c'est cette voie que j'ai prise, mais ç'aurait pu être autre chose. C'est le désespoir qui m'a guidé et finalement la rencontre avec Pepe a été une grande chance. J'ai alors fait tout ce que j'ai pu pour être avec Pepe et avec son groupe. J'ai vu *Heridos por el viento*, le spectacle de Farfa, et c'était fort. Il y avait une harmonie, une énergie féminine, une dimension spirituelle. C'était la première fois que je vivais une expérience de théâtre qui me rende heureux, me redonne de la vie et me permette de mettre à distance mes problèmes.

Comment as-tu commencé à travailler au sein de Farfa ?

J'aurais aimé entrer dans le groupe, mais il était déjà formé. Iben acceptait que j'assiste et que je participe au "training", mais je n'avais pas le même statut que les autres et, en particulier, je n'étais pas payé. Alors j'ai commencé à faire tout et n'importe quoi pour être là, je travaillais comme technicien, je conduisais les camions. C'était vraiment une nécessité vitale. Mais comme j'avais besoin d'argent je rentrais de temps en temps en Italie pour travailler. Je donnais des leçons de mathématiques par exemple, j'acceptais parfois d'enseigner des matières auxquelles je ne connaissais rien. J'ai même enseigné la "culture générale" dans une école de cuisine à Varazze et là aussi c'était du théâtre. Les élèves de cette école de cuisine étaient terribles, c'étaient des adolescents qui n'avaient pas été acceptés dans d'autres écoles, et les professeurs passaient leur temps à hurler. Moi je leur parlais de mes voyages au Maroc, je leur parlais de l'homosexualité, je les emmenais dans des lieux plutôt surprenants pour eux et j'inversais le rapport de forces : c'est moi qui, face à eux, faisais de la provocation. Du coup, je réussissais à maintenir le calme dans ma classe. Mais c'était du théâtre, complètement du théâtre.

Pendant deux ans j'ai fait des aller-retour entre l'Italie et le Danemark. Ou alors Farfa était en tournée, en France ou en Pologne par exemple, et je rejoignais le groupe.

Enfin, j'étais prêt à faire n'importe quoi pour gagner de l'argent et repartir au Danemark. Deux mille kilomètres pour arriver à l'Odin, être là, travailler là… cela supposait tant de difficultés pour moi que, lorsque j'y étais, je mettais toute mon énergie, toute mon attention, toute ma vie dans ce travail. Bien sûr, de temps en temps, je pensais à la possibilité de jouer dans *Heridos*, mais au fond je n'avais aucun projet, aucune intention. J'étais surtout engagé dans un processus qui me maintienne en vie. Et c'est ce qui me semblait le plus juste à l'époque : être dans l'action, sans penser, sans souffrir, juste être là.

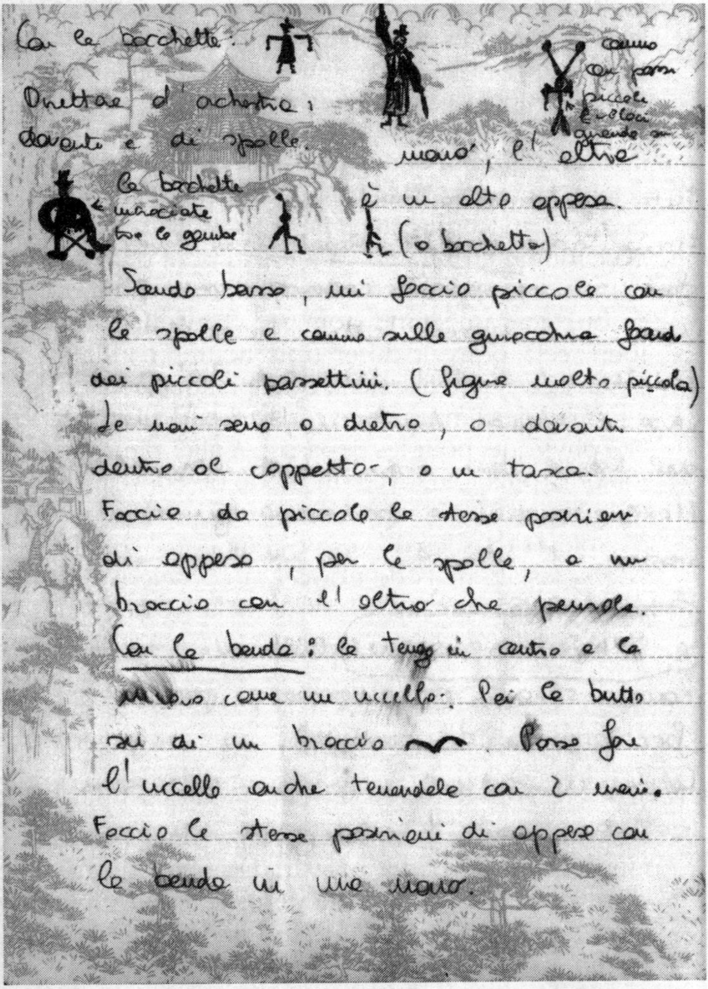
Con le bacchette:
Direttore d'orchestra: davanti e di spalle.
mano, l'altra è in alto appesa. (o bacchetta)
cammino con passi piccoli e veloci quando
Le bacchette incrociate tra le gambe
Stando basso, mi faccio piccolo con le spalle e cammino sulle ginocchia facendo dei piccoli passettini. (figura molto piccola)
Le mani sono o dietro, o davanti dentro al cappotto, o in tasca.
Faccio da piccolo le stesse posizioni di appeso, per le spalle, o un braccio con l'altro che pendola.
Con la benda: la tengo in centro e la muovo come un uccello. Poi la butto su di un braccio. Posso fare l'uccello anche tenendola con 2 mani.
Faccio le stesse posizioni di appeso con la benda in una mano.

Notes de travail de Pippo Delbono sur la partition physique de l'acteur, 1984.

C'est à cette période que tu t'es initié au "training", cette méthode d'entraînement physique élaborée à l'Odin ?

Le training, j'ai commencé à le pratiquer dès le premier jour avec Pepe. Mais j'ai employé toute cette période à apprendre des choses. A l'Odin, il fallait se lever à 7 heures du matin, ce qui, pour moi qui avais cru que le métier d'acteur était une activité nocturne, était un peu difficile. J'ai commencé à apprendre avec Pepe, puis j'ai travaillé avec tout le groupe et, un jour, au bout d'un an, Iben m'a proposé de lui montrer mon training, ce qui était un grand honneur. Travailler avec Iben, cela pouvait durer trois heures d'affilée, c'était très dur. Réellement, cette pratique consiste à toucher les limites de sa résistance, de sa capacité physique, pour les dépasser. A aller plus loin, toujours plus loin, avec un mode de conscience qui n'a rien à voir avec l'émotion. Il ne s'agit pas d'explorer tous les degrés des émotions, comme chez Cieslak, mais de trouver la conscience du geste ou de la posture, dans un mélange de force et de fragilité.

En quoi consiste ce training ?

Le training est basé sur des principes dramatiques empruntés par Barba à la tradition du théâtre oriental, c'est un travail qui permet de découvrir une "dramaticité". Ce n'est pas une invention de l'Odin, c'est une histoire de deux mille ans, une grande histoire de théâtre, celle du nô, du kabuki, de l'opéra de Pékin ou encore du cirque. Dans le théâtre de l'Orient, on peut être fasciné par un acteur qui ne fait rien d'autre que marcher lentement. Mais il y a une telle précision, une telle force dans sa marche qu'elle retient autant l'attention que s'il marchait sur un fil. Et puis, tout à coup, il ouvre un éventail, mais il le fait au moment juste, dramatiquement juste… Ainsi, un changement de direction suivi d'un "stop" a pour effet de capter l'attention du public. Ça n'a rien à voir avec une émotion ou une sensation précise chez l'acteur, c'est une action physique. C'est le corps qui répond, pas la tête. Pour te donner un exemple, si un enfant vient vers toi, te regarde, s'arrête brusquement, puis change d'orientation dans l'espace, tes yeux sont immédiatement attirés. Il y a énormément de "dramaticité" chez les enfants, et chez les animaux encore plus, en particulier chez les chats : ils observent, changent de rythme et tout le monde les regarde.

Dans la pratique d'Iben, le training physique comporte des exercices très simples comme sauter, tourner, perdre l'équilibre, tomber au sol, suspendre l'énergie quand elle est à son maximum d'intensité. Mais il s'agit surtout de développer une concentration du corps, de maintenir une tension y compris dans l'immobilité. On retrouve la même chose dans le sport, cette tension avant le départ, celle du coureur qui "se met à courir" avant de courir ou celle du lanceur de poids avant le lancer. Il y a aussi tout un travail sur les yeux, la contradiction entre le geste et l'orientation du regard, par exemple. C'est une danse de tout le corps qui fait surgir une "dramaticité". Il y a encore le travail sur la voix, qui n'a jamais été aussi difficile pour moi que le travail sur le corps – cette recherche de perfection physique qui te donne de la force.

L'expérience avec Iben a été très importante. Mais, dans la démarche de l'Odin, c'est surtout le travail de l'acteur, l'entraînement physique, les principes du théâtre oriental qui ont compté pour moi, pas l'esthétique des mises en scène. Par exemple, j'avais travaillé avec Pepe un petit morceau de trois minutes sur un texte d'Essenine, tout à fait dans le style de l'Odin : je disais le texte, je jetais mon chapeau en l'air, je jouais de l'accordéon, je faisais cinq mille choses à la fois et ça devenait complètement folklorique. Mais ce genre d'expérience oblige à un engagement total, c'est comme faire des gammes. Ce mode d'apprentissage théâtral est perdu en Occident, mais pour moi il faut travailler, travailler beaucoup et travailler encore pour trouver le geste juste, un geste aussi juste qu'une note de violon.

Pippo Delbono et Pepe Robledo,
démonstration de training au Pérou, 1986.

Un jour, dans le Sud de l'Italie, Farfa préparait une parade, un spectacle de rue. On travaillait par fragments qu'on assemblait ensuite et Dolly Albertin – une actrice de Farfa qui est ensuite entrée dans ma compagnie – devait faire une séquence montée sur des petites échasses chinoises. Mais elle n'y arrivait pas, elle tombait, elle avait peur. Alors Iben m'a demandé de l'aider et c'est de cette manière que je suis "entré en scène". Par la suite, j'ai continué à travailler avec Dolly, j'inventais des petites actions pour résoudre les difficultés pratiques. Et puis, j'ai utilisé une musique de Laurie Anderson, ce qui était plutôt surprenant dans ce contexte.

Mon attitude n'avait rien à voir avec celle que j'avais à Savona : je ne faisais aucune provocation, je n'étais pas en rébellion vis-vis de Farfa, je me sentais vraiment un élève, j'adorais cette histoire-là. Toujours est-il que, petit à petit, j'ai fait intervenir des images, des références qui étaient plus proches de moi et qui me ressemblaient davantage. Par exemple, au pays de Galles, dans un spectacle que nous avions monté sur le thème des gitans, j'arrivais avec des lunettes noires pour jouer un policier. Tout cela était plutôt en décalage par rapport à l'esthétique de l'Odin, c'était un tout autre monde. C'était révolutionnaire en quelque sorte, mais c'était une révolution sans violence. Au début, Iben était un peu choquée – à l'Odin, on n'utilisait pas de musiques enregistrées par exemple –, mais elle l'acceptait. Puis elle a commencé à s'intéresser et même à aimer ce que j'apportais.

Ainsi, petit à petit, je me suis mis à trouver mon monde. A l'Odin, on travaillait beaucoup avec les objets, des bâtons par exemple, et c'est très difficile parce que, comme au cirque, il faut trouver une façon d'être : quand tu marches sur le fil, tu ne peux pas *jouer* un fildefériste, tu dois *être* un fildefériste. Avec Pepe, nous avons mis au point un numéro avec des bâtons, mais sur cette musique des Blues Brothers qui appartient à mon histoire, à ma vie. C'est un numéro que nous faisions en arrivant à moto dans des petites villes du Sud de l'Italie… et c'était un style tout à fait différent de celui de l'Odin. Sans le savoir, j'élaborais les premiers éléments de mon écriture.

Et puis, les tensions ont augmenté au sein de Farfa. J'ai organisé une parade montée par Farfa en Ligurie en 1985. J'ai pratiquement tout dirigé, fait toute la mise en scène. Iben m'a donné cette possibilité d'être libre – ce qui était assez remarquable parce que les autres membres du groupe étaient bien plus proches de sa démarche, ou plus dociles peut-être. Plus tard, en Sardaigne, j'ai organisé une autre parade avec Iben, c'était très fort. Et c'est à ce moment-là qu'elle a décidé de m'intégrer dans le groupe au même titre que les autres. Mais Farfa a éclaté. J'en étais très triste, parce que j'étais pris dans une dynamique : Iben avait commencé un nouveau spectacle autour du fragment que j'avais travaillé avec Dolly ; c'était une période où je me sentais très vivant. A un moment donné, je me suis retrouvé pratiquement seul avec Iben, tous les autres étaient partis. Farfa était une belle aventure et, en même temps, il était normal qu'elle se termine.

Que s'est-il passé alors ?

On s'est retrouvés, Pepe et moi, avec trois autres membres de Farfa, à nous demander que faire et de quoi manger. Nous avons alors monté un spectacle pour enfants, à tourner dans les écoles – ce fut ma première expérience de ce type et la dernière, je crois, parce que c'était très dur de se réveiller tous les matins à 5 heures pour enchaîner deux représentations d'affilée. Mais toutes les expériences finissent par être profitables, même si travailler avec ce petit groupe était plus difficile que de travailler avec Farfa – car avec Iben, au moins, j'avais une certaine liberté.

L'intérêt de cette expérience c'est que ce spectacle, qui s'appelait *Le Rideau du cheval blanc* – une création collective, un peu dans le style de l'Odin –, se jouait entièrement derrière un petit rideau. Nous étions cinq personnes, nous interprétions une foule de personnages et cela nous obligeait à des changements constants, mais dans un espace ridiculement petit – ce qui nous imposait une précision absolue. Quand nous jouons *Gente di plastica*, j'y repense, je dis souvent aux acteurs qu'il leur manque cette expérience du travail "derrière le rideau". Ce spectacle n'était sans doute pas bon, mais il nous a au moins appris à effectuer toutes sortes d'actions sans faire de bruit et sans gêner les déplacements des autres... Il faut avoir une conscience énorme de tout ce qui se passe, de tout ce que font les autres, et cela sans les regarder ; il faut avoir un chronomètre dans la tête.

Nous avons tourné avec ce spectacle pendant sept ou huit mois. La compagnie s'appelait L'Ultima Thulé et nous avions bien choisi notre nom, puisque ce fut son premier et son dernier spectacle ! En effet, en dehors de cet espace "derrière le rideau", il y avait beaucoup de conflits entre nous.

Et puis un jour, Dolly et Pepe sont rentrés de Venise et ils m'ont raconté le spectacle incroyable qu'ils y avaient vu. C'était *Bandoneon* de Pina Bausch, dans le cadre de la première rétrospective de Pina en Italie, à une époque où elle n'était pas encore très connue. Cela faisait quelque temps déjà que Pepe et moi éprouvions le besoin de voir des choses différentes du travail de l'Odin. A Copenhague, en 1985, par exemple, nous avions vu le premier spectacle de la Fura dels Baus, *Action*, puis *Trahison Men* de Mark Tompkins... il nous fallait sortir de ce monastère de l'Odin et nous assurer qu'il y avait une vie à côté ! Voir le travail des autres nous redonnait de l'air, c'était comme une libération.

Alors quand Pepe et Dolly ont commencé à me décrire les images de *Bandoneon*, comme celle de cette femme qui arrive, une petite souris dans la main, et qui dit simplement : "J'ai une petite souris..." Je me suis mis à pleurer quand j'ai entendu parler de ce théâtre où l'on pouvait arriver, comme ça, sans avoir besoin de faire vingt mille "stops" avec la souris, de la prendre avec le pied, de changer dix fois l'orientation de ses yeux... Une personne qui arrive avec une souris et qui dit simplement au public "j'ai une souris", ça m'a profondément bouleversé. Je me suis dit : "Je veux aller voir ça, cette simplicité, cette liberté-là."

Farfa avait éclaté, L'Ultima Thulé se terminait et nous ne savions pas ce que nous allions faire. Moi et Pepe nous avions le projet de faire un spectacle, mais c'était encore assez vague… bref, je suis parti seul à Wuppertal et j'ai vu *Arien*. La rencontre avec Pina Bausch a été pour moi fondamentale : c'est, véritablement, une expérience qui a changé ma vie, qui m'a ouvert d'autres portes. Surtout sur la question de la création, du sens de la création.

A cette époque, je commençais à avoir des problèmes avec mes yeux, j'avais des cicatrices dans un œil et je voyais tout comme à travers de l'eau – c'est étonnant d'ailleurs que ce problème soit apparu au moment où j'ai vu *Arien*, cette pièce de Pina Bausch qui se déroule dans l'eau. Toujours est-il qu'à Wuppertal j'avais complètement oublié ce problème. J'ai vu le spectacle plusieurs fois, puis j'ai fini par rencontrer Pina Bausch, je lui ai parlé de mon problème d'œil et elle m'a caressé, doucement. Puis elle m'a dit qu'*Arien* n'était qu'un de ses spectacles et qu'il y en avait beaucoup d'autres que je devais voir. Je suis resté là un mois avec Antonio Carallo, un danseur que je connaissais depuis plusieurs années et qui était récemment entré dans la compagnie, j'ai assisté à quelques séances de travail. Et finalement je suis rentré à Gênes.

Mon problème oculaire était devenu très grave – on m'a dit qu'il n'y avait plus rien à faire parce que j'avais attendu trop longtemps avant de me faire soigner et qu'un herpès s'était développé. Plus tard il s'est avéré que c'était lié à ma séropositivité. Mais j'éprouvais des sentiments très contradictoires : d'un côté, j'avais rencontré Pina Bausch, j'avais vu *Arien*, j'avais vu son travail et cette expérience m'avait donné une énergie extraordinaire. Mais, de l'autre, je me réveillais tous les matins avec cette vision troublée et c'était réellement une grande douleur.

C'est à ce moment-là que Pepe a senti que je devais faire de la mise en scène, que je devais élaborer notre spectacle en suivant mon intuition, en laissant de côté tout ce qui nous avait conditionnés pendant la période précédente. Je ne voulais plus rester enfermé dans un système. J'ai alors commencé à construire ce qui allait devenir *Il tempo degli assassini*.

VOICI LE TEMPS DES *ASSASSINS**

— C'est un spectacle expérimental, une recherche… sur le thème de la jeunesse… de ces relations qu'on emporte toute sa vie avec soi… des histoires juvéniles, vous voyez…

— Celui-là est très jeune. Je veux dire, comme acteur, il n'est pas encore…

— Je suis aussi le metteur en scène de ce spectacle !

— Il n'y a pas d'histoire. Je veux dire… il n'y a pas une histoire… il y en a deux.

Il tempo degli assassini

Vestes et cravates.
Rien que deux chaises sur le plateau.
Lumière blanche.
Une loupiote, une cigarette, un jouet d'enfant, des faux cils, une bouteille de bière, une lettre, un micro, des bulles de savon, de vieux blues, de la musique classique, du rock, de la salsa, des musiquettes des années 1930.
Deux histoires parallèles. L'idée de tuer celui qu'on aime. Moqueries. Imitation des Blues Brothers. Imitation de Laurel et Hardy. Parade de music-hall. Jeux avec le public. Raconter des histoires. Une personne peut mourir dans un coup d'Etat en Argentine. Une autre peut mourir d'overdose.

Note d'intention d'*Il tempo degli assassini*

* Arthur Rimbaud, "Matinée d'ivresse", dans *Illuminations*.

Peux-tu décrire la recherche qui a abouti à la création d'*Il tempo degli assassini* ?

La création du *Tempo degli assassini* s'est faite en deux temps distincts : il y a eu d'abord un travail d'acteur, puis un travail de mise en scène. Avant la dissolution du groupe Farfa, Pepe et moi nous faisions d'autres recherches en parallèle et, quand je rentrais chez moi à Varazze, j'avais aussi commencé à mener ma propre recherche. Mon point de départ, c'était le désir de m'engager dans un parcours plus solitaire et qui m'appartienne en propre. Grâce au training, j'avais acquis un corps complètement différent. Je travaillais dans ma chambre et, de temps à autre, ma mère ouvrait la porte : "Mais Pippo, qu'est-ce que tu fais ? Tu es fou ?" Je n'avais pas beaucoup d'espace alors j'essayais, en restant sur place, assis sur une chaise, de mettre en pratique les principes du training. Il y avait tout ce que j'avais acquis et développé avec Farfa, toute la force et la précision d'une partition, mais je mettais un disque de Janis Joplin, des Doors ou de Tom Waits, et je trvaillais avec mes propres références, mes musiques, mes amours, les événements de ma vie.

Je travaillais avec des objets, une bouteille de bière par exemple, mais sans penser à une histoire, sans penser à raconter quoi que ce soit : il s'agissait uniquement d'un travail physique, un travail d'énergie, à la limite indifférent de la nature ou de la fonction de l'objet. C'était une bouteille, mais ç'aurait pu être aussi bien un bâton. En tout cas, c'était abstrait de toute situation. Puis j'essayais de donner une valeur dramatique et narrative aux mouvements que j'avais découverts. Je mettais une musique et, avec la musique, la technique, l'objet, j'inventais, je cherchais un mouvement qui ne soit pas un pur mouvement, pour la simple beauté du geste, mais qui puisse avoir une valeur de signe.

Avec la bouteille, je trouvais des gestes qui puissent évoquer l'ivresse ou la solitude ou la sexualité. Et je commençais à monter ces petites actions comme on le fait au cinéma. Quand tu fais une chorégraphie, l'enchaînement des mouvements peut être abstrait. Mais le montage que je recherchais se fondait sur la nécessité de raconter une histoire. Le sens était important dans ce travail. Mais en même temps chaque geste peut avoir une multitude de sens.

Ce mouvement d'ouvrir et refermer la main que j'ai utilisé dans *Il tempo degli assassini* était l'unique geste que faisait Vittorio quand il était dans le coma et qu'on venait le voir : on l'appelait et sa seule réaction était ce geste, comme un salut. Après trois ans de training, j'ai pu retrouver cette image, la restituer par un mouvement qui prenait naissance dans mon épine dorsale, et transformer cet élément de mon histoire personnelle en un signe poétique. De même pour d'autres gestes qui sont passés par mon imaginaire et qui répondaient à un besoin intime dans la mesure où, c'est vrai, ils évoquent la violence, l'usage des drogues… Mais, canalisés par le travail physique, ils se sont détachés de toute psychologie, de tout mélodrame, pour accéder à la dimension de la danse.

Pippo Delbono, improvisation pour *Il tempo degli assassini*.

Avec Farfa, je m'étais entraîné à toute la gamme des possibilités de la voix, mais à cette période j'éprouvais le besoin de mettre de côté toute cette technique vocale pour me remettre à parler normalement. En fait, de manière générale, sur le plateau j'avais besoin de mettre de côté toute la virtuosité de l'Odin. Plus exactement, j'avais besoin de transformer cette virtuosité en autre chose, de faire en sorte que la technique disparaisse : je voulais entrer personnellement dans une dimension de "l'être-acteur", mais en dehors de tout investissement psychologique. Ainsi, dans *Il tempo degli assassini*, quand je dis : "Je voudrais vous raconter une histoire : il était une fois un garçon qui vivait dans une ville…", il ne s'agissait pas de penser à ce garçon qui était mon ami, mais de faire de cette évocation une chanson, un instrument musical dont on écoute les sonorités. C'est la même chose avec *Gente di plastica* : quand je dis le texte que j'ai écrit en hommage à Sarah Kane, il ne s'agit pas d'entrer dans la douleur, ce sont des notes.

Cette distinction est très importante pour pouvoir dire sur le plateau une phrase aussi banale que "Dis-moi que tu m'aimes", par exemple. Si tu la dis en ayant directement en tête les personnes qui ne t'ont pas aimé, c'est-à-dire en pensant aux désillusions de l'amour, cela devient très pathétique, digne du pire feuilleton télévisé. On m'a dit, au contraire, que lorsque je dis cette phrase, cela ouvre beaucoup de portes : mais pour cela il fallait trouver une façon musicale d'utiliser la voix pour que cette phrase, "dis-moi que tu m'aimes", devienne comme une succession de notes.

Tout ce travail m'a amené dans un territoire complètement opposé à l'expérience de Cieslak. Un territoire où l'on parle aussi de douleur et de mort, mais en les approchant indirectement, d'une manière complètement différente et peut-être plus profonde. Par exemple, dans *Il tempo degli assassini*, il y a une séquence où je parle dans la bouteille :

Vittorio, Vittorio Damele, tellement de temps a passé que je suis sûr de t'avoir complètement oublié. Je me souviens qu'un jour tu m'as dit : "Pippo, dans quelques années tu deviendras une personne très très normale."

Après, la musique commence, je joue avec la bouteille et ça devient une séquence très émouvante pour le public, mais moi je ne pense pas à Vittorio, je ne pense pas à sa mort. Je pense au son, au fait que je dois porter mon regard vers le bas, dans une direction opposée à celle de la parole. C'est comme une conscience, une concentration physique qui me permet d'introduire ma vie, mon histoire personnelle dans le théâtre, mais sans pathétique aucun. Et c'est possible, parce que j'ai suivi un processus inverse.

Comment as-tu procédé pour réaliser le spectacle ?

Au fond, le matériau était là depuis des années. J'avais préparé un morceau de trente minutes que j'avais montré à Pepe, à Iben et aux autres acteurs du groupe. Mais c'était une recherche et je n'avais pas d'intention, pas de projet précis. De toute façon, je me sentais trop jeune pour faire un spectacle seul.

Avec Pepe, notre projet était vague. Nous avions beaucoup discuté, mais jusqu'à mon retour de Wuppertal, cela restait flou. Puis nous avons commencé à travailler dans un foyer de personnes âgées. C'était une salle de trente mètres carrés environ, dans la banlieue de Savona, où les vieux dansaient, jouaient aux cartes, avaient des séances de ciné-club… Ils nous avaient fait un prix, alors on attendait que les vieux soient partis et puis on se mettait au travail.

Quand nous avons décidé de monter ensemble ce spectacle, nous voulions parler de Rimbaud, des poètes maudits et des poètes rock, de personnes qui ont vécu et sont mortes comme eux, de la mort d'un peuple tout entier, de la violence, de l'amour et de la solitude. Vastes sujets. Et puis, nous nous sommes mis à parler des petites choses de la vie, petites peurs, petits rêves, petites histoires de tous les jours. Et, sans le vouloir, nous avons parlé de nous…

Note d'intention d'*Il tempo degli assassini*

Il y avait des moments où je me sentais complètement perdu et en même temps, petit à petit, je commençais à trouver mon univers. Je faisais des propositions à Pepe : je lui suggérais par exemple de lire les lettres que sa sœur lui avait écrites après le coup d'Etat en Argentine…

Córdoba, Argentine, 1976. Cher frère, maintenant je sais que ce n'est pas que tu ne veux plus revenir ici, mais que tu ne le peux plus. Je ne sais pas pourquoi je me souviens maintenant qu'en 1966, quand ils ont mis une bombe ici, dans la maison, je ne me suis même pas réveillée, et qu'en 1976, une nuit, je n'ai pas pu dormir parce qu'on a entendu quarante bombes qui explosaient dans la ville.

Aujourd'hui, cela fait vingt jours qu'ils ont emmené Tina. Le docteur m'a donné des comprimés contre la peur. Hier, une montagne de livres dans la cour du commando. Les soldats se servaient de grandes fourches. Ils les ont arrosés d'essence et ils y ont mis le feu.

J'ai passé Noël tout seule avec Pequena et on s'est saoulées en pensant aux absents. Et je ne peux rien oublier. Qu'est-ce que j'ai fait de ma vie en restant ici ? Mais je ne peux plus partir. Toi, ne reviens pas. Reste là-bas aussi longtemps que tu pourras.

Il tempo degli assassini

On faisait des essais, c'était une période de grande liberté où je sentais que je touchais une autre expérience de théâtre – que je vivais une rupture aussi forte qu'au moment où j'étais parti au Danemark après la mort de Vittorio et où je me disais : “Soit je me tue, soit je me lance à corps perdu dans cette histoire de théâtre.”

Le spectacle est né comme ça… et, avec le spectacle, un mode de travail qui, comme le training, ne passe absolument pas par la dimension de la logique, de la réflexion, mais par une dimension autre. C'est en cela que la rencontre avec Pina Bausch a été fondamentale pour moi : c'est une approche intuitive, qui permet d'ajuster les différents éléments, de sentir que tel geste doit arriver exactement à tel endroit, ni avant ni après. Mais rien n'est gratuit dans cette construction. C'est une autre logique si l'on veut, un mode de composition analogue à celui de la musique ou de la peinture.

Dans *Il tempo degli assassini*, qui est aussi un spectacle drôle, plein d'ironie, il y a la mort de Vittorio, mais aussi beaucoup d'autres histoires, à commencer par celle de Pepe qui témoigne d'une autre douleur. La création a été traversée par des moments de désespoir, mais elle a été l'occasion de faire entrer dans le théâtre tout ce qui m'appartenait : mon histoire, ma passion pour la musique, mais aussi un langage théâtral qui s'est élaboré petit à petit et qui m'a permis de transformer la technique en signes.

Ce spectacle était très fort, je crois, sur le plan du langage scénique, mais ce n'était vraiment pas à la mode. Or l'Italie est un pays très attaché à la mode et, à l'époque, la mode c'était l'utilisation de la vidéo au théâtre. Nous avons donc décidé de quitter l'Italie et nous sommes partis pour une longue tournée en Amérique du Sud, une tournée qui a été très importante.

Cela fait dix-huit ans maintenant que nous jouons *Il tempo degli assassini* et ce qui est intéressant c'est

Pippo Delbono et Pepe Robledo dans *Il tempo degli assassini*, 1987.

que les personnes qui ont vu la pièce en 1987, au moment où nous l'avons créée, et qui l'ont revue récemment, ont trouvé qu'elle avait changé, qu'elle était devenue plus belle. C'est vrai que nous sommes plus vieux, nous n'avons plus le physique du rôle, mais en même temps j'ai le sentiment que la pièce a gagné une certaine humilité. En fait la partition est là, elle est restée exactement la même, mais nous avons changé. Et les gens qui l'ont vue autrefois sont témoins de ce changement d'autant mieux que la partition est la même. C'est une forme de travail qui te permet de reprendre un spectacle peut-être toute la vie.

Quand vous êtes partis en tournée en Amérique latine, le spectacle était prêt ?

Il était terminé, nous l'avions créé en Italie, mais il était peut-être un peu "dur" encore. Et les huit mois de représentations, mais aussi de voyage en Amérique latine ont été importants parce qu'ils nous ont permis de comprendre qu'*Il tempo degli assassini* était un peu trop marqué par nos références culturelles et par notre vécu sans doute aussi, et qu'il avait besoin de s'affiner au contact de publics différents.

LE THÉÂTRE COMME VOYAGE

Tu as beaucoup voyagé.

J'ai toujours eu l'amour des voyages. Pour moi chaque spectacle est un voyage, un déplacement. Pour voyager, on n'a besoin de rien. Voyager signifie découvrir de nouveaux lieux, de nouvelles émotions, de nouvelles sensations. Faire du théâtre dans différents lieux, jouer *Barboni* en Egypte ou à Sarajevo, par exemple, sont des expériences qui ébranlent toutes les certitudes et qui donnent une grande ouverture. Récemment, par exemple, nous avons fait plusieurs tournées passionnantes avec la compagnie, à Cuba, à Moscou où le public réagit de manière tout à fait différente. Ce sont vraiment des expériences vivantes. Mais on ne peut pas passer sa vie à voyager, même si nous avons fait des voyages extraordinaires.

Quelles ont été tes premières expériences du voyage ?

Avec Vittorio, nous avons énormément voyagé à moto, nous laissions tout, la famille, l'école, les amis… et ça nous procurait un sentiment de liberté extraordinaire. C'est toujours une façon de se sentir libre, mais il y a aussi de la fragilité, de l'insécurité dans le voyage. Parfois nous n'avions plus d'argent… lors d'un voyage en Grèce, par exemple, nous avons fait les vendanges chez un homme terrible, qui nous faisait travailler quatorze heures par jour et qui nous demandait, en plus, de chanter des chansons italiennes en vendangeant – comme deux esclaves italiens dans les vignes grecques ! Nous nous retrouvions souvent dans les situations les plus folles. Un jour, à Marrakech, j'ai essayé de piquer un portefeuille dans une boutique. Le patron m'a vu, alors je suis sorti en courant, mais il s'est lancé à ma poursuite, il m'a rattrapé, il m'a ramené à son magasin et il a appelé la police. Là, paranoïa totale : je me suis vu en plein *Midnight Express*, jeté en prison, torturé. Et, bizarrement, je me suis mis à raconter ma vie à cet homme, à lui parler en toute sincérité, et il a totalement changé d'attitude. Cette expérience m'a beaucoup marqué.

Le voyage, c'est la possibilité d'être loin de son univers familier, de ses repères. Mais c'est un peu compliqué. Il peut m'arriver de détester être en voyage : intérieurement, je rêve d'être à la maison à manger des spaghettis. D'ailleurs, la nourriture est toujours mon problème majeur à l'étranger. En Albanie, par exemple, avec la compagnie, nous avons eu des conditions de travail terribles, mais il y avait un restaurant italien et je me sentais comme à la maison…

Pendant mes années d'apprentissage, j'ai fait toute une série de voyages avec Farfa, dans le Sud de l'Italie, en Sardaigne, au pays de Galles, en Pologne, dans des conditions parfois difficiles. On organisait des manifestations qui devenaient de grandes fêtes avec les habitants des villes et des villages que nous traversions… Ces rencontres au travers du chant, de la danse, ont beaucoup compté pour moi. Comme au temps des saltimbanques, ce n'était pas le public qui venait, mais le théâtre qui allait à la rencontre de son public.

C'était extraordinaire ce principe du théâtre comme voyage : nous arrivions dans un lieu inconnu pour y rester parfois plusieurs mois, y faire des rencontres.

Puis, avec Pepe, nous avons fait deux très belles tournées en Amérique du Sud. La première a duré huit mois, et nous avons joué dans des lieux inimaginables. Nous en avons gardé des souvenirs très forts, même si nous nous sommes trouvés parfois dans des situations absurdes. Dans les Andes, on voyageait dans des bus surchargés, au milieu des Indiens avec toutes leurs marchandises. En pleine nuit, au milieu de nulle part, le bus s'arrêtait sans qu'on sache pourquoi. Tout le monde dormait et, nous, on se sentait ridicules, on ne comprenait rien à la situation… Nous avons joué *Il tempo degli assassini* devant des villageois qui parfois ne parlaient que le quechua. C'étaient des situations réellement très populaires, où parfois on faisait passer un chapeau pour ramasser de l'argent.

Pour le travail de l'acteur, c'était important. Les publics étaient si différents que cela nous permettait de comprendre beaucoup de choses sur le jeu, sur la mise en scène, sur la manière de capter l'attention avec un langage théâtral complètement différent de celui de l'Odin, mais qui s'y rattachait par la volonté de s'adresser à toutes les catégories sociales. Une fois, quand nous sommes arrivés à Lima, nous devions faire une démonstration de training, donc un travail très rigoureux, dans un lieu que nous ne connaissions pas. En fait, c'était un chapiteau de cirque et le public était composé essentiellement d'enfants. Nous avions l'habitude de faire des démonstrations à l'université, devant des étudiants qui prenaient des notes… Là, il fallait inventer. Quand tu es face à un public dont le problème essentiel est de savoir comment se nourrir, tu ne peux pas commencer à théoriser sur l'importance du "stop" ou du changement de direction ! Nous avons fait beaucoup d'expériences analogues et toutes ces expériences te donnent une énorme ouverture.

A Lima, j'ai aussi rencontré un vieil acteur, Edgar Guillén, qui m'a demandé de faire pour lui une mise en scène de Tchekhov. Nous avons travaillé des nuits entières dans un grand théâtre très ancien et à la fin ce n'était pas du Tchekhov, mais une pièce sur un vieil acteur amoureux de Tchekhov, qui en récite des fragments entiers, qui parle des personnages de Tchekhov et qui se projette, qui projette sa vie dans l'œuvre de Tchekhov. En fin de compte, ce n'était pas un personnage de théâtre qu'on voyait sur scène, mais une personne. Aujourd'hui, quand j'y repense, ce travail prend complètement son sens, même si la construction répondait à l'époque à une nécessité inconsciente.

Et puis, toujours à Lima, il y avait le couvre-feu. Un soir, après le spectacle, je prenais un café avec Antonio Carallo qui nous accompagnait comme technicien. Une bombe a explosé et nous nous sommes retrouvés par terre dans le bar. J'ai eu une peur terrible – je voyage, mais j'ai toujours un peu peur –, mais au théâtre, quand j'ai raconté ce qui s'était passé, une femme m'a dit : "Oh ! j'adore les bombes." C'est un rapport complètement différent avec la mort, avec tout…

C'est comme en Palestine, lors de votre tournée début 2003, quand Lucia t'a dit : "Pippo, tu nous emmènes toujours dans des endroits si romantiques !"

Oui, c'est du même ordre ! En fait, ma relation au voyage est un peu double. Plutôt que de voyager, j'aurais parfois envie de me reposer, mais le repos me plonge dans des états d'anxiété parce que j'ai peur de trop voyager dans ma tête…

Peux-tu expliquer cette “peur de la pensée” qui semble être un motif chez toi ?

C’est vrai que j’ai peur de la pensée et plus encore depuis que j’ai fait l’expérience de la folie : il est faux de croire qu’on peut contrôler sa pensée, la pensée peut vraiment te jeter dans l’enfer. La tête peut devenir un monstre. Alors j’essaie à certains moments de repousser ou de différer mes pensées, mais si le corps est relaxé, la pensée prend le dessus. Si ton corps est pris dans la dimension du voyage, dans l’activité, la pensée est plus concrète, plus juste, plus adaptée à la situation.

Tu vas souvent dans des lieux de crise, à Bagdad juste après la première guerre du Golfe, à Sarajevo, en Israël et en Palestine pendant la deuxième Intifada, dans des conditions qui ne sont pas celles d’une tournée classique.

Ces voyages sont importants pour la compagnie parce que cela signifie aller dans des endroits de douleur, ne pas oublier ce qui se passe autour de nous. Avant de partir en Israël et en Palestine, j’étais inquiet, je me demandais ce qui allait se passer, mais c’est une projection mentale : on a toujours plus peur d’un lieu quand on est à distance que quand on est sur place. Quand on m’a proposé d’aller à Bagdad ou en Palestine, j’ai dit oui. Après coup, si on me demande pourquoi la compagnie a décidé de venir, je me rends compte que j’ai oublié de leur demander. Je sais que ce genre de démarche est important pour les gens de la compagnie – en dehors de Nelson qui parfois ne vient pas ou de Bobò qui ne fait pas vraiment la différence entre un voyage et un autre. Il est juste de nous ouvrir, d’ouvrir notre vie et d’ouvrir notre art. Et ces voyages

Tournée de *Guerra* en Israël-Palestine, janvier 2003 :
Mario Intruglio, Pepe Robledo, Lucia Della Ferrera,
Tomaso Olivari, Simone Goggiano.

sont des occasions d'ouverture. Ce sont des expériences de vie qui peuvent devenir des expériences de théâtre.

Mais, avec Pepe, nous avons fait une autre expérience d'ouverture : nous voulions aller au Sri Lanka et, comme nous étions très fatigués, nous avons décidé de partir en voyage organisé. C'est un peu une façon masochiste de voyager. Dans ce groupe, il n'y avait que des couples et, au début du voyage, le guide a demandé : "Vous êtes tous en voyage de noces ?" Et tout le monde dans le bus a répondu : "Oui !" Là j'ai compris que je m'étais trompé. Pendant deux jours, je me suis vraiment demandé ce que je faisais là. On allait dans la jungle, il y avait des tigres, des choses extraordinaires à voir et les gens parlaient de leur carrelage et des toilettes qu'ils s'étaient fait installer... Comme nous étions logés dans des hôtels très chic, j'ai dit aux autres : "Nous ne voyons rien du Sri Lanka. On nous emmène dans des lieux sans vie." A la fin j'ai convaincu le groupe de dormir dans un hôtel "beaucoup plus vivant", où il y avait beaucoup de moustiques ! Et Pepe m'a culpabilisé : "Tu ne peux pas faire la révolution. Ce sont des gens en voyage de noces, ils veulent passer des nuits agréables et tu les obliges à passer la nuit avec les moustiques." Mais au retour beaucoup d'entre eux sont venus voir nos spectacles et c'était un voyage aussi. En fait, la scène de l'arrivée des touristes dans *Esodo* est inspirée de ce voyage.

Le voyage est une expérience de mise en crise, de remise en question. Ce qui compte, c'est l'attitude qu'on a en voyage. Si tu arrives dans un lieu de guerre bourré de certitudes, convaincu de savoir qui a raison et qui a tort, qui sont les bons et les méchants, qui sont les victimes et qui sont les bourreaux, cela ne sert à rien. Quand je voyage, je pars d'abord pour comprendre, pour comprendre une part de moi-même aussi – pas moi en tant que personne, mais moi en tant qu'être humain. Je pars pour rencontrer des gens, pas pour porter des jugements.

Pour parler d'une expérience totalement différente, nous sommes allés en Namibie avec Pepe. Là, il ne s'agissait pas de rencontrer des gens parce que ce fut un voyage dans le désert, dans la solitude totale. On s'est installés un soir au bord d'un lac où les animaux viennent s'abreuver, et on s'est mis à attendre qu'il se passe quelque chose, comme on peut le faire dans une salle de théâtre ou de cinéma. Au bout de trois ou quatre heures, un petit coyote est arrivé, il a bu et il est reparti. Après, deux rhinocéros sont venus et sont repartis. Dix minutes plus tard, est arrivé un petit lion qui a bu et est reparti. Plus tard encore, vingt éléphants. C'était captivant, émouvant, un spectacle incroyable. En plus, il fallait garder le silence, sinon les animaux ne seraient pas venus. Nous étions dans un état d'attente et d'attention complètes. La nature nous a donné une énorme leçon de mise en scène théâtrale : parce qu'il s'écoulait parfois vingt minutes, une demi-heure sans qu'il se passe rien. Mais il y avait un rythme qui nous prenait.

Est-ce qu'on peut dire que le voyage est une mise à l'épreuve du réel ? Dans ce cas, c'est une confrontation avec la nature, dans les autres cas, c'est de la réalité humaine qu'il s'agit ?

Oui, tu t'immerges dans la réalité du monde. Parfois tu te sens mal et tu veux t'enfuir, tu te confrontes aussi avec toi-même… En Inde, par exemple, il y a des moments où tu ne peux plus supporter qu'on te demande de l'argent et puis tu vois des gens malades, avec des pieds difformes… Tout cela existe.

Le théâtre est un langage universel d'un certain côté. Alors c'est vrai qu'il y a de grands artistes qui sont restés toute leur vie enfermés dans le même lieu, certains écrivains qui ont parlé du monde, comme Kafka par exemple, sans jamais avoir quitté leur ville ou presque. Mais c'est autre chose. Pour moi, c'est le contraire : c'est le monde qui nourrit mon art, c'est la réalité qui me permet d'être plus concret. Si je suis dans le mouvement, je suis plus centré sur les choses. Si je reste immobile, ma tête part dans tous les sens, dans la douleur, dans l'obsession de la mort. L'action me rend plus ferme. Le théâtre, d'ailleurs, c'est de l'action : même être immobile, c'est être en action. Dans l'immobilité, on est en mouvement et c'est l'une des choses que t'apprend le travail sur le corps. Mais mon training, maintenant, c'est le voyage.

JE DANSAIS LES GARS, JE DANSAIS, JE DANSAIS*

– Je ne sais pas, je ne sais pas…

– Non, vraiment je ne sais pas, parce qu'à mon avis, avec ces deux mecs, il y a quelque chose qui ne va pas, tu vois ? Parce que si tu veux raconter quelque chose au théâtre, il faut prendre un vrai texte de théâtre, et là c'est du théâtre, tu comprends ? Sinon, c'est quoi ? De la danse ? Je ne sais pas…

– Non, de la danse, non.

– Ils ne sont pas danseurs.

– De la danse-théâtre peut-être ?

– Je ne sais pas, je ne sais pas.

Il tempo degli assassini

* *La rabbia.*

Pepe et toi vous avez passé six mois à Wuppertal en 1987. C'était avant la création de *Morire di musica* ?

C'est vrai. A notre retour d'Amérique latine, nous avons présenté *Il tempo degli assassini* à Wuppertal. On nous avait dit que Pina Bausch ne venait jamais voir les spectacles et que, dans les rares cas où elle venait, elle n'aimait pas. On nous avait dit aussi que si elle aimait elle ne disait rien. Cette pièce suscitait vraiment des réactions très différentes : souvent, le public riait beaucoup, mais parfois, comme en Argentine, les gens étaient bouleversés. A Wuppertal, ce fut un silence total. Mais, après la représentation, Pina nous attendait. Notre technicien est venu nous prévenir, mais nous étions morts de trouille, très intimidés. Quand on s'est décidés à sortir de la loge, elle nous a remerciés, nous a dit que le spectacle l'avait beaucoup touchée, et elle nous a proposé de rester quelque temps avec sa compagnie. Nous avons accepté, bien sûr, et c'est comme ça qu'a commencé cette expérience de Wuppertal. A cette époque, Pina venait à peine de commencer le travail de création d'*Ahnen*.

Comment avez-vous vécu cette expérience ?

Nos sensations étaient un peu mélangées. Au début, c'était comme une histoire d'amour entre Pina et moi, mais par la suite elle s'est fermée, elle est devenue comme un mur. Par ailleurs, certains danseurs se demandaient vraiment ce que nous faisions là. Alors c'était un peu inconfortable comme situation.

En dehors des répétitions, certains danseurs de la compagnie nous enseignaient quelques rudiments de danse. Et puis, parfois, pendant les répétitions, Pina proposait des "petits mouvements"… oh, c'était difficile ! Dans le training, personne ne te demande de faire un mouvement, c'est toi qui cherches ton mouvement… Nous avions beaucoup de technique corporelle, mais faire un mouvement dansé, ça n'a rien à voir. Les danseurs de Pina sont très forts : en dix minutes, ils ont compris le mouvement, ils sont capables de le faire.

C'était vraiment difficile : nous ne comprenions pas ce que Pina voulait, ce qu'elle attendait de nous. Nous ne savions pas si nous participerions ou non à la création d'*Ahnen*. Jusqu'au jour où elle m'a dit de suivre ma nécessité, mon voyage. Du coup, il était clair que nous n'avions rien de plus à faire à Wuppertal. Mais Pina m'a donné de la force en me disant ces mots. L'expérience avec elle a été essentielle parce que son regard oblige à garder les pieds sur terre, il instaure une distance entre toi et ton travail, il relativise : j'ai vu des danseurs faire des choses très fortes sans s'y arrêter, sans leur donner d'importance. C'est surtout cette attitude, ce rapport au travail, cette distance juste, que j'ai appris auprès d'elle. Ce qu'elle m'a appris aussi, c'est un autre rapport au corps : dans le training oriental, il y a une sorte de rigidité ; ce qui importe c'est l'énergie, et tous les gestes sont liés à cette recherche d'énergie. Après ce séjour, j'ai commencé à travailler avec davantage de légèreté, une légèreté que je ne trouvais pas dans le théâtre oriental.

C'est à partir de ce travail avec Pina Bausch que la danse a pris autant d'importance dans ton théâtre ?

Pas vraiment. La danse est déjà présente dans *Il tempo degli assassini*, mais c'est une autre façon de danser. La danse, mon rapport à la danse est apparu au Danemark : les spectacles de rue de Farfa étaient des danses. Dans *Morire di musica*, il y a peut-être quelques petites influences de Pina. D'autant qu'à l'époque je me posais beaucoup de questions sur le plan du montage, de la dramaturgie. Pour *Il muro*, j'ai éprouvé le besoin de travailler avec des danseurs, ce qui est sans doute aussi une conséquence de l'expérience avec Pina – d'ailleurs, il y avait plusieurs de ses danseurs dans la distribution. En ce sens, *Il muro* est sûrement marqué par notre séjour à Wuppertal, mais ensuite je suis retourné à mon histoire, dans laquelle la danse avait déjà sa place. Je crois que ce que Pina m'a apporté est beaucoup plus profond : c'est une liberté créative, une confiance. C'est vraiment un maître au sens où elle m'a dit : tu as la force de travailler seul, de suivre seul ton propre chemin.

Tu désignes Iben Nagel Rassmussen et Pina Bausch comme tes deux maîtres. Mais j'ai la sensation que ce que t'a enseigné Iben relève davantage d'une éthique théâtrale tandis que, chez Pina, tu as découvert des choses qui ont trait à ton "être-acteur", notamment à la fragilité, la vulnérabilité ?

Ce sont toutes les deux des femmes, des guerrières, et toutes les deux m'ont enseigné l'humilité, mais deux formes différentes de l'humilité. A l'Odin, on est comme un technicien : on balaie la salle, on fait à manger, on fabrique soi-même son costume… et puis on vit avec les autres et on travaille dans la rue, au contact avec les gens, sans accéder à la position sociale de l'acteur. Chez Pina, c'est totalement différent. Si on voit ses spectacles, avec ces femmes et ces hommes magnifiques, ce luxe des costumes, des décors, l'humilité n'est pas évidente. Iben pouvait grimper sur le toit d'un bâtiment et se mettre à chanter avec une voix d'une ampleur, d'une portée incroyables, mais, en la voyant, on la prenait pour une vagabonde. Pina est une reine, mais cette humilité existe aussi chez elle, de manière plus subtile, à la fois dans son regard et dans cette distance par rapport au travail – de sa part et de la part des interprètes qui sont capables de mettre toute leur énergie dans ce qu'ils font sans accorder trop d'importance à leur travail.

Au fond, pour moi un maître, c'est une personne qui a accompli dans sa vie un processus humain. Ce n'est pas seulement ce qu'il fait sur le plateau, mais le chemin qu'il a parcouru, et comment il arrive à la vieillesse. Si je regarde ma mère qui était une femme pleine de préjugés, très moraliste, qui m'a imposé tant de limites… je vois qu'elle a acquis désormais une sagesse, un équilibre, et maintenant je peux la remercier. Fellini disait que les producteurs sont très utiles, parce que les artistes sont comme des enfants. Le processus de création, c'est la désobéissance.

C'est ce que Vittorio t'a aidé à faire, *désobéir*.

Oui, désobéir, désobéir, désobéir. L'art passe par le fait de désobéir, là j'ai trouvé une nécessité. J'ai rencontré des gens qui ont peut-être fait des choses fantastiques au théâtre, mais qui, en vieillissant, sont devenus très attachés à leur création. J'ai un peu peur de cela. A l'inverse, quand je suis allé à Bali, j'ai vu du théâtre balinais et il y avait un homme en particulier, qui jouait le singe : il avait un corps de singe, l'énergie d'un singe. Il m'a complètement fasciné. Je l'ai cherché après et il avait complètement disparu : il était peut-être l'un de ceux qui nettoyaient et rangeaient après le spectacle…

Wuppertal, janvier-avril 1987

Période de travail avec Pina Bausch. Improvisations.

Pepe parmi les petits bateaux en papier. Il les aligne devant lui. Il attend. Je passe et je les écrase.

Je me ferme les yeux avec les mains et je tourne jusqu'à ce que je tombe.

Forces mystérieuses. Pouvoirs secrets = je dessine un cercle de plâtre autour de Pepe. Il reste enfermé à l'intérieur. Je m'éloigne et je reviens, je franchis le cercle et j'emmène Pepe en le prenant par la main.

Pause. Je raconte une histoire. Un soir en Bolivie, je me suis retrouvé seul à regarder des garçons qui jouaient au ballon au loin, dans un champ cultivé. La nuit tombait. Les garçons continuaient à jouer, comme s'ils étaient totalement indifférents à l'heure. En jouant, ils soulevaient la terre qui a fini par les recouvrir. Il faisait presque nuit maintenant et on ne distinguait plus les garçons, la terre et le ciel. J'étais sûr que ces garçons n'arrêteraient jamais de jouer.

Journal de Pippo Delbono

Est-ce que *Morire di musica* s'inscrit dans la continuité d'*Il tempo degli assassini* ?

Non, *Morire di musica* marque déjà une rupture avec *Il tempo degli assassini*. Ce qui correspond peut-être à une forme de masochisme incompréhensible chez moi. Notre première pièce, dont le langage est un peu brut, qui fait rire et pleurer, a eu un grand succès. Dès sa création au festival de Santarcangelo – je me souviens qu'il y avait là Rosas, Mathilde Monnier et Jean-François Duroure qui présentaient *Pudique acide* et *Extasis* –, les acheteurs et les producteurs sont arrivés. Parmi eux, le Teatro San Geminiano de Modène nous proposait de nous accueillir un an pour préparer un autre spectacle. Nous avons accepté et j'ai entrepris une recherche complètement différente : sans texte.

L'absence de texte correspondait moins à une décision qu'à une nécessité de découvrir, d'explorer des territoires différents. Comme si, après avoir éprouvé une forme, vérifié son efficacité, il me fallait m'aventurer ailleurs, plus loin. C'est une pièce avec trois cents petits bateaux de papier disposés sur le sol, dans lequel il y a des images qui évoquent un peu l'univers de Magritte : Pepe et moi, nous portons des imperméables, des chapeaux. Dans le poème qu'a écrit un ami, Pier Luigi Ferro, après avoir vu *Morire di musica*, il y a une image qui décrit très bien le spectacle – celle des phalènes, ces papillons de nuit qui tournent autour du feu avant de s'y précipiter et de s'y consumer. Pepe et moi, on court, on se rattrape, on s'étreint, on s'éloigne, on court encore… jusqu'au moment où entre Alejandro Zamora, un acteur argentin, qui enlève les trois cents bateaux et, sur le plateau où il n'y a plus que de la craie, il se met à jouer au ballon. Ce n'est pas un autre langage, mais une nouvelle forme, un autre déséquilibre.

A Spolète, nous avons présenté les deux spectacles à la suite et, à la fin de la soirée, le directeur nous a demandé : "Mais qu'est-ce que nous vous avons fait ?" Il s'interrogeait sur le passage d'*Il tempo degli assassini*, une pièce où il y a tant d'échanges, de jeu, de connivence avec le public, à *Morire di musica* qui garde le public à distance, comme si le "quatrième mur" entre la scène et la salle était devenu infranchissable. Le public s'attendait à retrouver le même climat que dans la première pièce. Il y a toujours ce risque, pour le créateur comme pour le public, de rester dans le confort d'un univers connu et éprouvé. C'est pourquoi je suis si attentif à ne pas m'attacher à une forme et à maintenir une situation de déséquilibre.

En quoi se manifeste encore cette volonté d'échapper à l'enfermement dans une forme déterminée ? En dehors de l'absence de texte, du changement radical dans la relation avec le public, *Morire di musica* marque-t-elle une autre rupture par rapport à *Il tempo degli assassini* ?

C'était aussi très important en tant qu'expérimentation du rapport à l'espace. Nous avons répété dans l'église d'un petit village à côté de Varazze. C'était très étrange comme situation parce que certains jours il y avait des enterrements et on devait quitter l'église. Un jour, quand on est revenus, on a même trouvé les chaises disposées en cercle avec un crucifix au milieu. C'était un lieu très chargé.

Pour *Morire di musica*, nous avions besoin d'un espace énorme, vingt à trente mètres de profondeur. Cela m'a appris comment, en fonction de l'espace, une personne, un objet ou un volume quelconque changent et suscitent des émotions différentes. *Morire di musica* résulte aussi d'un travail destiné à trouver des gestes simples qui aient la force de signes et résument toute une situation. Des gestes, des signes que j'ai réutilisés par la suite. C'est une pièce très simple et très rigoureuse. Si on la raconte, il ne se passe rien : Pepe entre, dans une lumière très faible, met son chapeau et son imperméable, il s'approche et s'assoit. Et la musique monte – c'est une musique de Khatchatourian que j'ai reprise dans *Guerra*, pour la séquence dans laquelle Bobò fait le chef d'orchestre –, puis la lumière monte aussi et on découvre les trois cents bateaux. C'est un début très fort, sans doute le plus fort de toutes mes pièces. J'entre alors, en mangeant du pain dont les miettes tombent par terre et je dis : "Il y a quelqu'un ici ?" – une phrase que Nelson reprend dans *Il silenzio*, très simple, mais qui ouvre énormément de possibilités. C'est la seule phrase du spectacle. Et on commence à courir, à s'attraper, à se perdre, à rire… Si différente qu'elle paraisse d'*Il tempo degli assassini*, au fond, le langage est le même.

Pippo Delbono dans *Morire di musica*, 1988.

C'est une pièce sur la solitude, un peu comme *Il muro* ?

Oui, c'est une pièce un peu dure, sur la douleur, sur la solitude de l'amour. A la fin, quand il n'y a plus rien, je fais un cercle, je m'assois sur une chaise, à l'intérieur du cercle, et je pousse un cri de désespoir – un cri sans mot, que j'utilise aussi dans *Enrico V* –, Pepe entre à nouveau, me rejoint à nouveau... C'est une pièce un peu japonaise aussi, totalement épurée. Chaque spectacle répond à une nécessité différente. A ce moment-là, j'étais en plein désespoir amoureux et *Morire di musica* parle un peu de cela.

Il muro est aussi un spectacle sur la solitude, dans lequel chaque protagoniste est seul, mais dans tous mes spectacles les acteurs sont séparés, enfermés chacun dans une bulle... C'est surtout la première expérience avec beaucoup de participants. Tous avaient vu *Il tempo degli assassini* et avaient eu envie de travailler avec moi. Ils provenaient d'horizons très différents : Raffaella Giordano et Anna Redi venaient de la jeune danse italienne, Danio Manfredini et Mariagrazia Mandruzzato, qui a longtemps travaillé avec Thierry Salmon, du théâtre expérimental, Maria Consagra est une actrice que nous avons rencontrée au sein du groupe Farfa, Alejandro Zamora, notre technicien, est issu comme Pepe du théâtre militant argentin, Antonio Carallo et Dominique Duszynski travaillaient avec Pina Bausch... C'était un groupe hétérogène composé de professionnels expérimentés, mais dont la formation et le langage étaient très différents. La rencontre entre ces univers était déjà, en soi, une expérience.

Je me souviens que j'avais beaucoup de respect pour chacun d'entre eux, à cause de leur expérience, jusqu'au jour où je me suis rendu compte que chacun voulait imposer son idée, son point de vue. J'ai laissé aller jusqu'à un certain point et j'ai dit : "Basta ! C'est mon spectacle, ma création, c'est moi qui décide. Maintenant, si ça ne vous convient pas, salut ! Je ne veux plus rien entendre." Tout le monde est resté. Et je me suis rendu compte après à quel point cette pièce avait compté pour eux. Mais c'est là que j'ai décidé autoritairement d'en finir avec la pseudo-démocratie de la création collective !

Il muro est sans doute aussi le spectacle le plus dansé que j'ai fait, pour des raisons évidentes qui tiennent à la présence de danseurs dans la distribution, mais aussi à ma nécessité de raconter des choses avec la danse : par exemple, Dominique Duszynski parle de sa grand-mère et interprète une danse très belle qui évoque ses racines polonaises. Certains mouvements relèvent peut-être encore du travail sur l'énergie, mais pour l'essentiel c'est une chorégraphie. Chacun danse, raconte son histoire et c'est un peu un univers de folie. C'est aussi la première fois que j'assume en scène le rôle du metteur en scène.

Le premier élément d'*Il muro*, c'était le mur justement. Par la suite, d'autres thèmes se sont greffés, la solitude, la folie, mais le point de départ, c'était la notion de mur, et tout se passait devant ce mur qu'un personnage tentait de franchir à la fin du spectacle, sans y arriver.

C'était au mur physique que tu pensais au départ ou au mur comme métaphore ?

Le mur entre les personnes, le mur comme construction, c'était vague. J'avais demandé à chacun de me proposer sa vision du mur et ça a donné une somme de récits qui passent par les mots, mais aussi par les gestes, la danse, la musique. Chacun, comme un personnage de théâtre, suit son propre parcours et ces différents parcours s'entrecroisent. Mais il y avait aussi ce

Raffaella Giordano et Pippo Delbono dans *Il muro*, 1990.

mur gris, très beau d'ailleurs. Au-dessus, il y avait des barbelés, comme le mur d'une prison ou d'un camp de concentration. Ou comme un mur devant lequel on fusille des condamnés. D'ailleurs, à plusieurs reprises, les acteurs se plaçaient dos au mur. Ce qui se passait dans la pièce n'avait pas de rapport direct avec ces lieux, mais le mur était là et sa présence donnait une coloration, un sens, à tout ce qui se déroulait devant.

Par ailleurs, dans *Il muro*, il y a toute une galerie de personnages : Danio joue le rôle du fou, Alejandro le rôle du démuni, Dominique le rôle de l'exilée, Raffaella le rôle du témoin de la guerre. Dans *Esodo*, il y a Fadel et Eda, de véritables exilés, Nelson vient vraiment de la rue, Bobò a réellement passé cinquante ans dans un hôpital psychiatrique… La nécessité n'est plus la même maintenant. C'est intéressant de considérer cet aspect, de mesurer l'écart entre les personnages d'*Il muro* et les membres de la compagnie aujourd'hui.

Il muro et *Morire di musica* sont les seuls de nos spectacles à ne plus figurer dans notre répertoire. L'un comme l'autre ont été des expériences de création, mais ce sont des spectacles de base : ils contiennent des thèmes ou des éléments dramaturgiques que j'ai développés par la suite.

GAGNER LA BATAILLE, VAINCRE L'IMPOSSIBLE

Dites à l'ennemi que nous ne sommes pas des guerriers du dimanche
Notre magnificence et nos dorures sont toutes crottées
A marcher péniblement sous la pluie dans la campagne
Et le temps nous a rendus loqueteux, dépenaillés.
Mais nous ne fuirons pas, nous continuerons à marcher.*

Enrico V (d'après Shakespeare)

Henry pousse ses quelques soldats à combattre contre la grande armée française. Les paroles d'incitation au courage et à la révolte, les paroles de rage, de peur et d'amour tirées du texte de Shakespeare se mêlent à l'histoire racontée par des signes silencieux, et les mots se dispersent, laissant place aux actions, aux images, à la danse et à la musique. Des phrases isolées deviennent des scènes entières, parfois proches parfois lointaines du contexte, de l'histoire. Et la France devient un monde de manège et de carillons, la guerre une danse de personnes qui s'échappent, se regroupent lentement, se cachent, se cherchent, se repoussent. Ce sont des actions silencieuces qui relatent l'histoire d'Henry, mais aussi d'autres guerres.

Note d'intention d'*Enrico V*

* Pour traduire les passages d'*Enrico V* extraits du texte de Shakespeare, nous nous sommes basées sur la traduction de Jean-Michel Déprats (Gallimard, 1999).

Enrico V comporte un chœur muet, composé de stagiaires recrutés dans les différents lieux de représentation du spectacle. L'une des singularités de cette pièce tient au fait qu'elle est étroitement liée au travail pédagogique que vous menez, Pepe et toi. En quoi consiste pour toi cette activité de formation de l'acteur ?

Je considère qu'une école de théâtre doit être un lieu de crise, de remise en question. C'est une responsabilité énorme à laquelle il faut se consacrer – ce qui explique sans doute pourquoi il y a si peu de maîtres à l'heure actuelle. En ce qui me concerne, si je pense à la formation aujourd'hui, il s'agit surtout de transmettre notre expérience aux acteurs de la compagnie. Et, en dehors des reprises d'*Enrico V*, nous n'organisons plus de stages. Mais, en 1993, la municipalité de Loano avait mis à notre disposition un espace énorme dans un cadre magnifique – un lieu complètement à l'abandon, qui donnait sur la mer. C'est là que nous avons créé notre centre de formation, La danza nel teatro, où nous avons organisé énormément de stages. Beaucoup d'acteurs italiens y sont passés et c'est là, par exemple, que les acteurs les plus anciens de la compagnie sont venus travailler avec nous pour la première fois. Mais la municipalité de Loano n'a jamais mesuré l'importance

Gustavo Giacosa et des stagiaires dans *Enrico V*, Milan, 1996.

de ce lieu. C'est la Ligurie où, comme je l'ai dit, les gens ont une vision un peu étroite – et ils prétendaient qu'il y avait des problèmes de drogue, par exemple. Ils ne se rendaient pas compte de la vitalité de ce centre où tant de jeunes artistes, acteurs et danseurs, venaient se former. Ils ont fini par le fermer et un supermarché a été construit à cet endroit.

Avant la création de La danza nel teatro, Pepe et moi, nous avions arrêté un long moment de faire des stages parce que nous étions complètement en crise vis-à-vis du training : j'avais découvert ma séropositivité en 1989, j'avais d'énormes problèmes physiques, et je ne pouvais plus supporter de voir des gens pratiquer le training sur un plateau. Nous avions alors abordé d'autres types de recherches. Mais nous l'avons repris au moment de la création d'*Enrico V* parce que, dans ce cadre, il visait un but concret.

Enrico V est aussi la seule de tes pièces qui fait explicitement et exclusivement référence à un texte dramatique, *Henry V* de Shakespeare. Pourrais-tu revenir sur la genèse de ce spectacle ?

J'ai vu le *Henry V* de Kenneth Brannagh dans une petite ville, dans une salle de cinéma où il n'y avait qu'une dizaine de personnes. Certaines répliques m'ont profondément marqué. Par exemple quand le roi parle de la force qui existe en chaque être humain, quand il dit que le roi est un homme comme un autre…

Il nous faut tout porter.
Que de bonheurs infinis dont les rois sont privés
Et dont jouissent les particuliers !

Et que possèdent les rois que ne possèdent aussi les particuliers,
Hormis le faste, le faste solennel ?
Et qu'es-tu, ô faste idolâtré
Es-tu autre chose qu'un rang, une position éminente ?
Sois malade ô grand roi,
Et demande au faste de te guérir.
Crois-tu que la fièvre ardente tombera
Devant tes titres gonflés par l'adulation ?
Ce n'est pas l'onction du sacre, le sceptre et le globe,
La couronne impériale,
Le trône où il siège,
Non, rien de tout cela ne peut dormir aussi profondément que l'esclave misérable
Qui, le corps plein et l'esprit vide,
S'abandonne au sommeil, gorgé du pain de la détresse.
Lui, jamais il ne voit l'horrible nuit ;
le lendemain, dès l'aube,
Il se lève,
Suivant ainsi le cours incessant de l'année
Occupé à d'utiles travaux jusqu'à sa tombe.
Hormis le faste, un tel misérable
A bel et bien l'avantage sur le roi.

Enrico V

C'est toute cette humanité alliée à la volonté de vaincre l'impossible qui m'a touché. La création d'*Enrico V* est liée à une période de ma vie marquée par la douleur et la maladie. Depuis 1989, la maladie avait beaucoup évolué et à cette période, avec les médicaments, les médecins, elle était omniprésente. De tous côtés je me heurtais à des impasses : en effet, la plupart des médecins traditionnels me disaient condamné et j'avais recouru, sans succès, à toutes sortes de médecines douces.

J'ai donc trouvé une force extraordinaire dans ce texte qui parle de courage et évoque la possibilité contre tout raisonnement, toute logique, de la victoire de dix personnes contre mille : si dix personnes trouvent la force, elles peuvent gagner la bataille. Pour moi, c'était la même chose, j'étais malade, on me disait que j'allais mourir, mais j'avais commencé à pratiquer le bouddhisme et je sentais qu'il y avait une possibilité, une force, inconnue peut-être, mais réelle… C'est cette spiritualité qui m'a d'abord touché dans *Henry V*. Ensuite, j'ai commencé à lire le texte de la pièce, énorme, très complexe, et, au début, ça me déprimait un peu, j'étais débordé. Mais je l'ai lu plusieurs fois et j'ai commencé à isoler ce qui m'intéressait. Cette phrase par exemple :

Il est vrai que nous sommes en grand danger ; d'autant plus grand doit être notre courage. Il y a une quintessence de bien dans toute chose mauvaise, si les hommes prennent le soin de la distiller.

Le processus de création d'*Enrico V* a été très long, près de deux ans. Je me suis d'abord attaché à la dramaturgie de Shakespeare, jusqu'au moment où j'ai décidé qu'il s'agissait d'une création : j'ai donc travaillé sur la musicalité du texte, sans me soucier de la trame historique, du développement du récit et surtout pas de la psychologie des personnages. J'ai coupé très largement et j'ai fait un montage comme je le fais pour les autres spectacles, à cette différence près qu'avec *Henry V* on est tenu par le déroulement de l'action. Dans mes mises en scène, je cherche toujours à donner à chaque séquence une force poétique autonome, une vie propre, indépendante de la scène qui précède et de celle qui suit. Mais dans des pièces comme celle-là il y a une chronologie à laquelle on ne peut échapper.

Je trouve ennuyeux d'être obligé d'en passer par une exposition pour comprendre où on est, qui est qui, avant que l'action commence : je veux des images. La vie va trop vite, et pour le théâtre c'est pareil. Bien sûr, je peux passer trois heures à voir un spectacle, mais trois heures sans vivre, c'est trop ! Quand je regarde une peinture ou une photo, j'y trouve immédiatement de la vie. La poésie, la musique c'est pareil, c'est si clair !

Alors pour obtenir cette immédiateté, j'ai procédé à un travail d'épure. J'ai réduit l'action à quelques moments clés, j'ai limité la distribution à trois acteurs et au chœur qui a précisément pour fonction de créer des images, et j'ai fait toute une recherche sur le mouvement en utilisant la danse comme moyen d'ouvrir le texte, de lui donner un maximum d'expressivité. Shakespeare est un poète et ses monologues condensent autant d'images que le texte apocalyptique de Bouddha que j'ai utilisé dans *Guerra*. Mais, pour moi, tout l'enjeu d'*Enrico V* consistait à lire la pièce de Shakespeare au travers de ma vie, à m'en approprier le texte, à l'ouvrir à mes propres émotions et aux émotions de chaque spectateur.

La réplique "Je veux la France" vient très tôt, comme un symbole dans le discours du roi. Henry apparaît d'abord comme un enfant capricieux, mais très vite on comprend que, placé face à ses responsabilités, il engage une lutte avec lui-même, une lutte qui lui permette de trouver une liberté. Dans la vie sociale, on a beau parler de liberté, chacun reste enfermé dans une case. Chercher à vaincre l'impossible devient donc le but profond du combat que mène Henry V – comme de celui que je menais à l'époque.

Est-ce que tu pourrais refaire aujourd'hui un travail comme celui que tu as fait sur *Henry V* ou est-ce une expérience qui appartient au passé ?

Je joue encore *Enrico V*. Je l'ai joué récemment et, même s'il reste attaché à un moment déterminé

de ma vie, je trouve le spectacle très vivant. C'est une pièce dans laquelle je peux pleurer. Je ne peux pas me permettre de pleurer dans *Il Tempo degli assassini*, mais, dans *Enrico V*, la distance, la fiction est si évidente qu'on peut toucher la vérité d'une autre façon. Quand Pepe arrive et dit “Nous avons gagné la bataille !”, je ris et je sens que je pleure en même temps. C'est possible. Et je sens que les spectateurs peuvent comprendre cette pièce avec leur vie, en y projetant leur propre expérience, comme je l'ai fait moi-même.

Pippo Delbono, Gustavo Giacosa et des stagiaires dans *Enrico V*, Milan, 1996.

CHACUN EST UNE ÎLE

C'est dans *Enrico V* que Gustavo Giacosa apparaît pour la première fois dans ton théâtre. Qu'est-ce qui vous a amenés à l'associer à votre travail ? Plus généralement, comment s'est progressivement constituée la compagnie avant la rencontre avec Bobò et comment avez-vous formé les différents acteurs pour qu'ils puissent entrer dans votre démarche ?

Il y a beaucoup de hasard dans tout cela. En fait, Gustavo Giacosa, Lucia Della Ferrera et Simone Goggiano, qui constituent le noyau de la compagnie, ont d'abord été nos élèves. Pepe et moi, nous avons animé beaucoup de stages. Dans le centre de formation que nous avions fondé à Loano, La danza nel teatro, mais aussi ailleurs, à la Scuola civica de Milan par exemple, l'une des écoles les plus importantes en Italie. Finalement, en Italie, j'ai davantage été un maître qu'un élève…

En 1990, Gustavo nous a écrit d'Argentine – il voulait venir travailler avec nous. Il avait rencontré là-bas des membres du Libre Teatro Libre qui lui avaient parlé de nous et, comme il voulait quitter l'Argentine, il a pris contact avec nous. Pepe avait fui l'Argentine à cause de la dictature militaire, Gustavo, lui, voulait échapper à la dictature maternelle ! On lui a répondu que ce n'était pas un moment très favorable, on faisait des stages, mais on ne prenait personne dans la compagnie. On n'avait pas d'argent, pas de moyens à cette époque. Mais il est venu quand même. Au premier abord, je ne l'ai pas trouvé très sympathique, j'ai essayé de le repousser, mais il s'est malgré tout inscrit à un stage. Et après le stage, il nous a suivis en Ligurie. Il lui est arrivé de dormir à la gare pour rester près de nous. D'une certaine manière, les membres de la compagnie sont ceux qui ont réellement décidé d'y être.

A un moment donné, nous avions beaucoup d'élèves et nombre d'entre eux voulaient continuer à travailler avec nous. En particulier, après l'expérience d'*Enrico V*, monté chaque fois avec vingt stagiaires différents, ils nous écrivaient, nous téléphonaient, et comment choisir parmi eux ? Je suis incapable de savoir *a priori* qui est un bon acteur et qui ne l'est pas. Tout ça est très relatif. Parfois, une personne te paraît mauvaise au début et elle va finir par trouver des moyens d'être en scène. A l'inverse, une autre personne semble très douée et il s'avère qu'elle a une personnalité trop affirmée. Il ne suffit pas d'être bon ou mauvais, c'est aussi une question de relations, d'engagement.

Il était difficile d'imaginer que Lucia par exemple, qui était pharmacienne, allait faire du théâtre de manière professionnelle. Mais elle participait régulièrement à nos stages, jusqu'au moment où, à l'occasion d'une tournée en Irak avec *Il muro*, comme nous ne pouvions pas réunir tous les acteurs et danseurs de la création, nous lui avons demandé de reprendre l'un des rôles. Mais nous n'avions que très peu de propositions de ce genre à faire. Ce n'est que plus tard que nous avons commencé à avoir quelques moyens, un peu d'argent. Gustavo, Lucia, Simone sont restés longtemps avec nous sans que nous puissions leur proposer de contrats. Ils trouvaient des petits jobs pour pouvoir faire du théâtre et continuer à travailler avec nous.

Tu n'as pas choisi les membres de la compagnie finalement, tu as plutôt été choisi par eux.

Oui. Ils se sont accrochés, ils sont restés avec nous même au moment des pires difficultés – quand il n'y avait pas de succès, pas d'argent, pas de perspectives. Au fond, ils ont adopté par rapport à nous une attitude analogue à celle que j'avais eue à mes débuts : je voulais travailler avec Iben et travailler avec Iben, trouver les moyens de pouvoir le faire, était tout ce qui comptait.

Simone et Lucia avaient déjà une expérience de théâtre avant de travailler avec vous ?

Simone avait déjà fait un spectacle avec le Teatro Valdoca ; Lucia intervenait dans certains concerts d'un groupe rock de Savona et, dès la première fois que je l'ai vue, elle m'a beaucoup amusé. Lucia est un peu une exception pour moi : c'est la seule, je pense, que j'ai aimée d'emblée, chez qui j'ai perçu une ironie, quelque chose de spécial. Comme moi, Lucia avait beaucoup de problèmes au niveau physique, des problèmes de relations avec son corps. Pendant les stages, quand on faisait du training, c'était la plus mauvaise, elle était complètement bloquée physiquement. C'est pour cela que les qualités de départ ne signifient rien. Il y avait dans les stages des personnes très douées pour le training qui ne sont pas restées avec nous. A l'Odin, tout était fondé sur une sorte de rhétorique corporelle – comme on dit au Pérou, *el cuerpo tiene razón* –, mais, c'est comme dans le théâtre de texte, certains acteurs peuvent avoir une diction parfaite et être de mauvais acteurs.

Ma conception de l'acteur avait évolué, je m'intéressais avant tout aux qualités de présence sur le plateau, à la capacité des acteurs à m'émouvoir.

Lucia a beaucoup travaillé et maintenant, après dix ans de travail sur le corps, c'est étonnant de voir qu'elle a retrouvé la même ironie, la même légèreté, la même apparence d'absence de technique, mais elle a acquis une véritable conscience corporelle. Elle garde une sorte de disharmonie, ou elle l'a retrouvée, mais elle en a conscience, elle joue avec.

Chaque membre de la compagnie a suivi un processus de ce genre. Gustavo, de son côté, était déjà très fort physiquement quand il est arrivé, mais il était hyperémotif, son jeu était presque hystérique. Maintenant il a lui aussi retrouvé son énergie – nourrie de références au monde latino-américain, très colorée, baroque –, mais fondée sur une grande technique. Lucia et Gustavo ont des présences scéniques, des couleurs complètement différentes.

Quand Simone est arrivé, il n'avait rien. S'il avait fallu choisir un acteur, on l'aurait tout de suite éliminé. Mais, grâce à une attitude mentale et à force de travail, d'écoute, il a trouvé une qualité de présence très intéressante, qui n'a rien à voir avec la "physicité" de Pepe ou celle de Lucia. Autrement dit, chacun a suivi un parcours qui lui a permis de trouver son "être-acteur". Il est donc difficile de faire des catégories entre les acteurs de la compagnie. On peut simplement dire que certains, parmi eux, ont fait beaucoup de training. Tandis que Mario Intruglio, par exemple, y est plutôt réfractaire.

Et avec lui, comment a eu lieu la rencontre ?

Ce qui intéressait Mario quand il a rejoint le groupe, c'était la dimension sociale de notre travail. Son expérience théâtrale – il vient du théâtre de rue et a une pratique du clown – répondait à des préoccupations d'ordre politique et ce qui l'a fasciné dans notre démarche, c'était sa portée politique beaucoup plus que l'aspect poétique qui avait attiré les autres. Mais depuis qu'il travaille avec nous, malgré sa résistance au training, il a développé cette conscience corporelle. La pratique de Mario se situe à mi-chemin de celles de Gustavo, Lucia et Simone, et de celles de Nelson ou Bobò qui représentent des cas limites. Chacun est une île, chacun a son histoire, sa manière de grandir, de faire son apprentissage. Ce qui m'importe, c'est que chacun prenne conscience de son corps, de son énergie, pour pouvoir l'utiliser sur scène.

Avec trente ans de training derrière lui, Pepe est devenu comme un vieil acteur oriental – c'est ce qui lui permet de jouer Donatella Versace, la blonde platine dans *Gente di plastica*, et d'en faire quelque chose d'intéressant. Si on décrit ce qu'il fait, ce n'est rien, mais sa pratique lui permet de transformer ce rien. Moi, j'ai arrêté le training, mais, malgré l'absence de pratique, il est resté inscrit dans mon corps. Je suis gros, j'ai une énergie un peu ours, ma physicité n'est pas très élégante. Gustavo, c'est encore une autre typologie, un autre caractère.

Comme Mario, Margherita Clemente, qui est plus jeune – elle nous a rejoints après la création de *Guerra* – , a un parcours différent. Elle a fait de la danse équestre et elle a un corps très particulier, très rapide. Quand elle est arrivée, elle avait des capacités physiques indéniables, mais il lui manquait la force, les qualités dramatiques du training qui met en jeu le corps de manière tout à fait particulière. J'avais déjà fait ce constat quand j'avais travaillé avec des danseurs. Le training concentre l'énergie au niveau de l'estomac, c'est comme une lutte constante. Margherita était capable de toutes sortes de mouvements, mais il lui manquait cette lutte, cette énergie. Elle a fait du training, de l'acrobatie et, plus vite que les autres en raison de ses aptitudes physiques, elle s'est transformée.

Indépendamment de leurs capacités physiques, les acteurs de ta compagnie ont des qualités de présence et des corps très différents. La présence d'Elena Guerrini, par exemple, est tout à fait particulière.

Quand nous l'avons rencontrée, Elena avait elle aussi fait un peu de théâtre. Elena c'est l'anti-principe par excellence. Chez les autres acteurs de la compagnie, je retrouve les principes théâtraux que j'ai développés, mais Elena réussit toujours à faire le contraire de ce que je lui demande. Elle est en parfait décalage. Pourtant, il y a chez elle quelque chose qui me touche, qui continue à me toucher. Elle aussi est arrivée d'abord pour faire du training : dès le premier jour – on faisait des exercices d'acrobatie sur une plage –, elle s'est lancée avec beaucoup d'énergie, beaucoup de volonté et elle s'est retrouvée la tête dans le sable ; puis elle a pleuré tout le reste de la journée. Voilà comment son histoire dans la compagnie a commencé. Le théâtre est aussi une question de vie, d'émotion, d'humanité, de présence et d'engagement sur le plateau.

Et Pierino Corso, qui intervient dans tes pièces à la fois comme musicien et comme acteur ?

Nous le connaissons et nous faisons des choses avec lui depuis une vingtaine d'années. Nous l'avons rencontré dans le Sud de l'Italie, à l'époque du groupe Farfa. Le fonctionnement de Farfa était très athlétique, nous commencions dès 7 heures du matin, tandis que Pierino avait un mode de vie exactement inverse. Il buvait jusqu'à 7 heures du matin, puis il se levait à 11 heures, se mettait à jouer de la guitare, à boire et à fumer toute la nuit. Dès que nous nous sommes rencontrés, nous sommes devenus amis. A cette époque, j'ai monté avec lui un morceau d'une quinzaine de minutes. A la fin, il faisait une petite danse sur une chanson de Tim Buckley et je me souviens très bien de ses mouvements qui avaient une typologie tout à fait particulière et qui me touchaient beaucoup.

Plus tard, au moment où je montais *La rabbia*, je lui ai proposé de se joindre à nous. Je lui ai dit : "Tu peux venir si tu veux, il n'y a pas d'argent, mais il y a du vin." C'est toujours comme ça, encore aujourd'hui : quand je commence à travailler sur un nouveau spectacle, je ne réfléchis pas trop, la distribution se fait un peu au hasard, ou à l'intuition. Chacun doit rester très ouvert car tout peut changer, j'ai toujours une incertitude sur la présence ou la fonction de chaque membre de la compagnie.

En même temps, même si les acteurs de la compagnie ont effectivement des fonctions un peu alternatives ou multiples, on se rend compte que, dans *Guerra* par exemple, Pepe a beau s'occuper du son, il est un acteur, il fait un travail d'acteur.

C'est totalement un travail d'acteur. Même si la critique italienne a remarqué et salué sa prestation dans *Gente di plastica*, sa partition dans *Guerra* est d'une certaine manière plus intéressante, plus fine, plus subtile, plus délicate : Pepe n'est pas un technicien, il effectue constamment une danse, un rôle d'une grande précision même s'il est "invisible". L'art de l'acteur est un processus dans lequel réussir à jouer Hamlet à cinquante-deux ans a finalement moins d'importance que de réussir à faire le technicien, à mettre trente ans de pratique au service d'un rôle de technicien qui consiste à aider Gianluca ou à disposer des accessoires autour de Bobò. Pour moi, c'est révolutionnaire parce que la fonction de l'acteur y prend toute une humanité.

Bobò et Gianluca Ballarè.

DIS-MOI QUE TU M'AIMES

A propos de Pasolini, je me souviens d'avoir lu qu'une fois il s'est présenté à un prix littéraire après avoir été jouer au foot avec des garçons ; il est arrivé couvert de boue, ce qui a créé une certaine gêne dans la salle… et qui l'a beaucoup fait rire.

Et puis d'autres souvenirs. Je me souviens que, quand j'étais en Argentine, on m'a raconté qu'à l'époque des desaparecidos, *des gens qui étaient arrêtés, torturés et dont personne ne savait plus rien, c'était la grande mode de Raffaella Carrà et de ses chansons légères à la télévision.*

Et d'autres souvenirs encore. Je voudrais vous citer la phrase qui est au début du film Les Mille et Une Nuits *: "La vérité n'est pas dans un seul rêve, mais dans de nombreux rêves." Voilà des rêves, beaucoup de rêves, quelques-uns viennent de notre monde, d'autres viennent du monde et de la poésie de Pasolini, ils se mêlent et se confondent : c'est ça notre spectacle.*

Ah ! les textes sont de Pasolini, de Rimbaud, de Genet et de Charlie Chaplin.

La rabbia

Il ne s'agit pas d'un spectacle sur Pasolini, mais d'images qui peuvent évoquer son œuvre, des moments de sa vie, mais surtout de la nôtre. Le spectacle n'est donc pas une commémoration, mais une dédicace, un hommage né d'une correspondance intime avec l'homme et avec l'artiste Pasolini.

Note d'intention de *La rabbia*

Dans quelles circonstances as-tu eu l'idée de consacrer un spectacle à Pasolini ?

Laura Betti* recherchait des metteurs en scène susceptibles de travailler sur Pasolini car elle organisait une grande manifestation, avec six spectacles, à l'occasion du vingtième anniversaire de sa mort. Le critique Franco Quadri, qui avait vu *Il muro*, lui a donné mon nom et Laura Betti m'a proposé de participer à son projet. J'étais un peu perplexe car j'aimais beaucoup Pasolini, mais son cinéma surtout.

J'étais très malade à l'époque, j'avais beaucoup de problèmes physiques – les médecins avaient diagnostiqué une infection de la moelle épinière – et je commençais aussi à aller mal psychologiquement. De plus, nous avions des difficultés économiques, aucun producteur, et nous nous sentions un peu seuls. Nous étions alors en Ligurie où il était difficile de trouver des lieux, des moyens de travail, nous avons donc accepté la proposition de Laura Betti qui nous offrait une production, même si le budget n'était pas très élevé.

* Proche de Pasolini dont elle fut l'une des actrices de prédilection, Laura Betti a fondé et dirige à Rome Il Fondo Pier Paolo Pasolini qui se consacre à la préservation et à la diffusion de son œuvre.

Avec *La rabbia*, j'ai trouvé une grande liberté – dans laquelle entrait une certaine folie. Je ne savais absolument pas quoi faire, sinon que je ne voulais pas travailler sur le théâtre de Pasolini. J'étais touché par certains de ses textes sur la vie, sur l'amour, mais ma vie personnelle était si forte, si douloureuse, si difficile que je ne pouvais en faire abstraction. Alors *La rabbia* est un peu un mélange. Gustavo traversait lui aussi un moment de crise. Il se sentait un peu abandonné peut-être et il avait commencé une recherche en solo – notamment sur une chanson de Raffaella Carrà, qui n'avait aucun rapport avec Pasolini – mais je lui ai proposé de se joindre à nous pour ce projet. Pierino était lui aussi un peu perdu à l'époque.

Nous nous sommes donc retrouvés tous les quatre à Asti dans un petit appartement, où, à la fois, nous vivions et nous travaillions. Au début, j'étais très indécis, je ne savais même pas si je jouerais ou si je me contenterais de mettre en scène et de diriger les autres. J'avais tout de même quelques intuitions, l'idée de faire une scène sur Charlot par exemple. Alors je donnais des indications, je montrais aux autres comment la jouer. Mais Pepe, qui était très touché par mon jeu, m'a convaincu que, plutôt que de montrer quoi faire aux autres, il valait mieux que je le fasse moi-même. Lui devait s'occuper de la musique, parce qu'il n'y avait pas de technicien.

C'est donc la première fois que Pepe jouait le rôle du technicien ?

Oui. Et après quelque temp, nous avons fait une présentation des premiers éléments tout en expliquant que c'était un *work in progress*. Il y avait déjà des textes, il y avait déjà presque tout, mais j'étais encore dans une grande confusion. Pourtant, dans ces situations d'urgence, je suis beaucoup plus lucide que quand je dispose de beaucoup de temps pour réfléchir ou essayer. C'est la même chose qui m'est arrivée quand j'ai réalisé le film *Guerra*. La nécessité, l'urgence supprime toute possibilité d'esquive et m'oblige à aller directement au cœur des choses. C'est une souffrance énorme, comme un accouchement, mais c'est ainsi, dans cette confrontation avec le public, que *La rabbia* s'est finalisée. Tout n'était pas fini, mais l'âme du spectacle était trouvée. Les spectateurs étaient très émus d'ailleurs.

Maintenant je peux parler de *La rabbia*, j'ai compris à quoi touchait la pièce : un critique, qui a vu les six spectacles de l'hommage à Pasolini, a écrit que seul le mien l'avait ému parce que j'étais comme un frère de Pasolini, que "je marchais avec lui". Peut-être à cause de ma vie, de mes amours, de mon homosexualité qui m'ont amené du côté de la mort… peut-être est-ce la recherche d'amour dont parle le spectacle, qui me rapproche de Pasolini.

Dis-moi que tu m'aimes
dis-moi que tu m'aimes
dis-moi que tu m'aimes
dis-moi que tu m'aimeras toujours.

Mes yeux sont fermés à votre lumière. Je suis une bête, un nègre. Vous êtes de faux nègres, vous maniaques, féroces, avares. Marchand, tu es nègre, magistrat, tu es nègre, empereur, tu es nègre, général, tu es nègre, tu as bu la liqueur de Satan. Ce peuple est inspiré par la fièvre, le cancer, plus de mots, j'enterre les morts dans mon ventre, cris tambours danse danse danse danse.

Il fallait que je tue quelqu'un et puis j'ai eu peur, si peur, alors j'ai essayé de revenir en arrière mais c'était impossible, j'ai fait des efforts, j'ai couru à droite à gauche, droite gauche, je me tortillais comme un serpent, j'ai essayé de prendre toutes les formes possibles pour ne pas devenir un assassin, j'ai essayé d'être un chien, un chat, un cheval, un tigre, une table, un caillou, j'ai même essayé d'être une rose, ne riez pas, j'ai fait tout ce que j'ai pu, je me tordais et on disait que j'étais épileptique, et puis je voulais remonter dans le temps, défaire mon travail, revivre ma vie jusqu'au moment d'avant le crime, revenir à l'air libre, mais mon corps, mon corps opposait une résistance, j'ai fait une nouvelle tentative mais impossible, il se moquait de moi, il ne soupçonnait pas le danger, ma danse, il fallait la voir ma danse, je dansais les gars, je dansais, je dansais, je dansais, je dansais. Dis-moi que tu m'aimes. Dis-moi que tu m'aimeras toujours.

La rabbia

Je crois que la pièce condense tout ce que je vivais à l'époque, le désespoir lié à la maladie, qui cédait et basculait parfois dans des accès de joie insensée.

Pourquoi as-tu utilisé des fragments du texte de *La rabbia*, le film de Pasolini ?

Comme je l'ai dit, c'est le cinéma de Pasolini que j'aime par-dessus tout. Et aussi le fait qu'il mélange des acteurs avec des "gens de la rue". J'ai beaucoup aimé la composition de ce film.

Je sais les noms. Et je danse…

Je sais les noms. Je sais les noms des responsables du massacre de Milan du 12 décembre 1969, je sais les noms des responsables des massacres de Brescia et de Bologne des premiers mois de 1974, je sais les noms de ceux qui ont tiré les ficelles, je sais les noms du groupe des hommes de pouvoir qui, avec l'aide de la CIA et des colonels grecs et de la Mafia, ont créé une croisade pour mettre un terme au mouvement de 1968. Je sais les noms de ceux qui, entre une messe et l'autre, ont donné les consignes et ont assuré la protection de vieux généraux, de jeunes néo-fascistes et de criminels nazis. Je sais les noms des personnes sérieuses et importantes qui protègent les délinquants de droit commun qui se sont mis à leur disposition comme assassins et sicaires. Je sais les noms.

Je sais tous ces noms et je connais tous les faits, attentats et massacres, dont ils se sont rendus coupables.

La rabbia (d'après Pasolini)

Il y a une forte dimension politique dans le film de Pasolini.

Oui, mais dans le spectacle aussi il y a une dimension politique. Je ne sais plus très bien comment j'ai procédé, mais c'est un montage entre les paroles de Pasolini homme politique et de Pasolini l'individu, l'être désespéré. J'ai cherché, peut-être inconsciemment, à mettre en scène cette opposition, à réunir ces deux facettes. Il se peut que j'aie commencé par lire ses textes politiques et que cette lecture m'ait amené progressivement vers une vérité qui se situe ailleurs ; puis que j'aie lu un autre texte où il parle de sa solitude, de sa désespérance… Pasolini est très révolutionnaire, mais c'est sa révolution profonde qui m'intéresse, pas ses discours qui relèvent parfois d'une provocation un peu gratuite : d'ailleurs, la gauche à l'époque ne revendiquait pas Pasolini, parce qu'il n'était pas "politiquement correct". D'un autre côté, certains de ses écrits sont très idéologiques : je déteste sa relation avec Dieu, la religion, avec l'homosexualité et la culpabilité. Mais un hommage n'est pas une apologie, on peut y mettre de la colère. C'est une rencontre avec une personne.

Est-ce qu'on peut dire que tu as adopté Pasolini ou Sarah Kane à qui se réfère *Gente di plastica* ? qu'ils sont, en quelque sorte, devenus des membres de ta famille ?

Oui, Pasolini, mais Shakespeare aussi un peu, ont pris autant d'importance que Danio Manfredini ou Raffaella Giordano que j'ai rencontrés pour *Il muro*, et par la suite Bobò ou Nelson. C'est la même histoire de relations humaines. Je n'ai pas voulu monter un texte de Pasolini ou le mettre en scène, j'ai cherché à parler avec lui avec sincérité, avec la vie.

Piero Corso et Gustavo Giacosa dans *La rabbia*, 1995.

Mes relations avec Laura Betti ont été très compliquées pendant la préparation du spectacle, parce qu'elle me demandait constamment ce que j'allais faire, ce que j'allais dire de Pasolini, et je ne savais pas. Plus elle insistait, plus elle me questionnait sur la manière dont j'allais présenter Pasolini, plus j'éprouvais le besoin de découvrir ce qu'il y avait de vraiment révolutionnaire chez lui. J'ai presque failli tout arrêter tellement elle me harcelait. En fin de compte, les autres spectacles créés pour cet hommage à Pasolini ne sont restés à l'affiche que pendant deux mois et *La rabbia* tourne encore, dix ans après. En même temps, Laura Betti est une femme sensible et j'avais parié avec Pepe qu'elle accepterait de faire l'ange dans la séquence finale du spectacle ! Elle a vu la pièce qui l'a beaucoup touchée et finalement nous avons gagné, mais il a fallu qu'elle voie le spectacle, avant elle ne nous faisait pas confiance.

Mais qui jouait le rôle des anges, puisque vous n'étiez que quatre au départ ?

En fait, quand nous avons fait cette première présentation à Asti, il manquait encore deux moments qui sont pour moi fondamentaux : la séquence de danse années 1960 et la séquence finale avec les anges. Ces anges, d'ailleurs, avec leurs ailes en papier mâché, sortent tout droit des spectacles religieux qui se jouaient dans les villages italiens pendant les années 1960 : c'est une référence que j'ai en commun avec Pasolini. Peu après, un directeur de théâtre m'a demandé d'animer un stage pour amateurs dans une petite ville toscane. Ce n'était pas le meilleur moment puisque la manifestation du vingtième anniversaire de la mort de Pasolini avait lieu à Rome, trois mois plus tard et qu'il fallait absolument terminer le spectacle. J'allais très mal, j'avais des sensations de brûlure constantes, mais j'ai accepté. A ce moment-là, j'avais besoin de travailler avec mes élèves, alors Pepe, Piero, Gustavo, mais aussi Lucia, Simone et Elena m'ont accompagné pour ce stage. Et ce sont les stagiaires qui ont interprété la danse des années 1960 et les anges.

Avant-première de *La rabbia* à Orbetello avec les stagiaires
(de droite à gauche Lucia Della Ferrera, Gustavo Giacosa,
Pippo Delbono, Pepe Robledo, Piero Corso, Elena Guerrini,
Filippo Timi, Simone Goggiano, Gianni Ferrini et Danilo Cerulli), 1995.

L'utilisation de non-professionnels t'apparaît aussi, *a posteriori*, comme un élément de ton hommage à Pasolini ?

La création de cette séquence a sans doute été un premier pas vers le principe d'intégrer dans la compagnie des non-professionnels. Mais l'idée de travailler avec des amateurs n'est pas un but en soi. Elle allait plutôt dans le sens de la démarche de Pasolini qui, dans *Médée*, *Mamma Roma* ou *Les Mille et Une Nuits*, a fait travailler des personnes qu'il avait croisées dans la rue avec Anna Magnani ou la Callas. C'est la rencontre entre professionnels et amateurs, la rencontre entre l'art et la vie qui me touchent. Et c'est vrai que, sans ces deux séquences, il manquait quelque chose dans *La rabbia*.

Mais c'était d'abord l'histoire de Pasolini avant de devenir notre histoire. Surtout maintenant où virtuosité et professionnalisme se confondent : la virtuosité, pour moi, c'est la mort de l'art. Ce qui compte avant tout, c'est l'humanité : ce sont des êtres humains que je veux voir sur scène. Dans *Enrico V* déjà, pour le chœur, nous avions fait appel à des non-professionnels, mais dans *La rabbia*, c'est plus clair. Nous avons joué *La rabbia* dans des prisons et ce sont des détenus qui ont interprété ces deux scènes. Ce sont des moments très justes, parce que le public connaît ces "danseurs" et ces "anges". Du coup il se produit une circulation très forte, très intense, entre la scène et la salle. Il m'est arrivé aussi de recruter des gens dans la rue. A Naples, par exemple, il y a eu un vendeur de rue africain.

ISOLER LA POÉSIE, LA BEAUTÉ DE LA VIE

Le cinéma est un art qui semble te toucher beaucoup : à propos de tes pièces, tu parles de séquences plutôt que de scènes ; tu fais souvent référence à des scènes de films ou aux situations dans lesquelles tu as vu un film. Et tu utilises des images de films dans ton théâtre. Ainsi, tu as décidé d'adapter *Henry V* de Shakespeare après avoir vu le film de Kenneth Brannagh, tu évoques *Les Clowns* de Fellini dans *Barboni*. Ton imaginaire cinématographique est donc très fort, mais tu définis aussi comme cinématographique le montage auquel tu recours dans tes mises en scène.

C'est vrai que le cinéma est pour moi une grande source d'inspiration. Certaines images, certaines scènes de film sont restées imprimées en moi : il y a par exemple une séquence terrible dans *Z* de Costa-Gavras où, sur une marche joyeuse de Theodorakis, on voit tous les colonels arriver un par un au tribunal, descendre de voiture, monter dans le bureau du juge, écouter leur accusation, se lever furieux, se diriger vers une porte fermée à clé, puis s'enfuir par une autre. Tous les colonels reproduisent exactement les mêmes gestes et cette séquence m'impressionne beaucoup pour le contraste entre la légèreté de la musique et le caractère dramatique de l'action, mais aussi parce que, pour moi, elle est montée comme une danse. Souvent, pour décrire la violence et la manière contradictoire dont on peut la traduire au théâtre je me réfère aussi au film de Kurosawa, *Ran* – qui est une adaptation du *Roi Lear*. Il y a une scène, en particulier, dans laquelle on voit une femme très douce et, tout à coup, la caméra montre sa main qui écrase un insecte : voilà comment Kurosawa exprime l'ambivalence de cette femme. Seul le cinéma peut montrer cela parce qu'il permet le gros plan, il peut montrer les détails. Au théâtre, c'est plus difficile. Le cinéma permet aussi d'utiliser la voix de manière plus nuancée. Au théâtre, il faut toujours porter la voix pour que le texte soit audible : c'est pourquoi j'utilise le micro, il me permet de parler cinématographiquement, en restant dans un registre bas.

L'utilisation du micro sur scène serait comme un gros plan sur ta voix ?

Oui, le micro permet d'entendre les détails, les respirations, de garder un registre normal et de rester dans une vérité. Dès qu'il faut porter la voix, on entre dans la fiction. Il y a beaucoup de choses dans mon rapport au cinéma : par exemple, c'est vrai que ce que je préfère chez Pasolini, ce sont ses films – en particulier, comme je l'ai dit, *L'Evangile selon saint Matthieu*, ce mélange de poésie, de vie, où le Christ devient un homme ordinaire avec sa mère, la Madone. La caméra permet d'approcher l'être, alors qu'au théâtre il faut plus d'exagération. Le cinéma peut montrer beaucoup sans qu'il soit nécessaire de rien faire. Et il y aussi le montage qui est extraordinaire parce qu'il te permet de passer d'un lieu à l'autre, de remonter le temps. Des gens de cinéma m'ont dit que *Gente di plastica* avait des qualités très cinématographiques. C'est que, dans cette pièce, il y a des mouvements d'ensemble, mais aussi beaucoup d'actions simultanées, beaucoup de détails qui ne sont peut-être pas perceptibles.

En fait, peu de spectacles m'ont touché alors que je peux citer des dizaines de films sans avoir à chercher dans ma mémoire. J'ai l'impression qu'au cinéma il y a encore des possibilités de recherche et davantage de maîtres, tandis que le théâtre me semble plus limité aujourd'hui.

Dans *La rabbia*, tu associes Chaplin à Pasolini. Pourquoi cette association ?

Dans *Les Lumières de la ville*, il y a cette phrase, "Songe à la force de l'univers, c'est la même force qui est en toi", qui m'a beaucoup touché.

Où que tu sois, regarde vers le haut. Les nuages se dissipent. Le soleil recommence à briller. Peu à peu nous sortirons de l'obscurité. Vers la lumière.

Songe à la force qui fait grandir les arbres. Songe à la force qui fait tourner l'univers. Songe à la force qui fait trembler la terre. C'est la même force qui est en toi.

La rabbia (d'après *Les Lumières de la ville* et *Le Dictateur* de Charlie Chaplin)

C'est pour cette phrase, que Pepe dit dans *La rabbia*, que Chaplin est venu. Mais Chaplin me touche aussi humainement. On m'a raconté qu'un jour, quand il était très âgé, il était allé avec son fils voir une exposition et qu'il était très triste parce que personne ne s'apercevait de sa présence jusqu'à ce qu'enfin une personne le reconnaisse, puis d'autres. Il a dit alors à son fils : "Tu vois, maintenant je suis content, il y a encore des gens qui me reconnaissent." C'est si délicat, si juste cette histoire… Je suis aussi sensible au fait qu'à un moment donné son art soit devenu pour lui une mission : avec des films comme *Le Dictateur*, au moment où il l'a fait, Charlie Chaplin a pris une responsabilité. Comme le dit Goethe, le poète ne mérite ce nom que lorsqu'il réussit à aller au-delà de ses sentiments personnels pour s'emparer du monde et l'exprimer.

C'est important pour toi, cette notion de la responsabilité de l'artiste ?

C'est une grande chance d'être un artiste et, en tant qu'artiste, on a la possibilité d'agir, d'intervenir et de changer des choses. C'est pour cette raison que, quand je fais un spectacle, je veux m'adresser à beaucoup de gens, toucher beaucoup de gens. Je ne veux pas faire des spectacles pour cinq personnes en me réfugiant dans l'idée que c'est mon histoire. C'est essentiel pour moi de trouver une dimension populaire. Comme Pasolini, comme Fellini qui ont trouvé un juste équilibre entre la poésie et la capacité à être populaire. On voit parfois des acteurs qui jouent le rôle d'un pauvre, mais qui dégagent l'odeur de la richesse. Tandis que cette façon d'être à côté des gens, de parler des gens de la rue en montrant qu'on en fait partie, est commune à Chaplin et à Pasolini – d'ailleurs, ce point de rencontre entre deux artistes aussi différents est intéressant.

Pour en revenir à ton écriture scénique, peux-tu préciser comment tu procèdes et en quoi consiste l'analogie entre ton mode de composition et le montage d'un film ?

En ce qui concerne le montage, je compose des séquences d'images qui peuvent fonctionner de manière autonome. Chacune est terminée, chacune a un sens en soi. C'est de cette manière que je vois le cinéma. Si je pense à la première scène de *Paris, Texas* de Wenders, il y a cet homme qui arrive et rencontre un autre homme, il y a un oiseau qui le regarde… le récit procède d'une succession d'images poétiques, ce qui veut dire que chacune d'entre elles est une composition : l'image importe peu pour le déroulement de l'histoire, mais elle existe en elle-même. C'est ce que je recherche au théâtre, même si c'est plus difficile parce qu'il y a des contraintes techniques : comment passer d'un plateau vide à la présence de trois personnes sur scène ? L'entrée des acteurs est un passage obligatoire. Alors je cherche à introduire de la poésie dans l'articulation entre deux séquences – c'est-à-dire une qualité qui aille au-delà de la simple nécessité du passage. C'est une recherche intéressante. Dans *Gente di plastica*, par exemple, il y avait des temps morts entre les séquences, parce qu'il y a beaucoup de situations, beaucoup de lieux différents. Il fallait que ces changements de lieux aient leur propre poésie, leur propre vie, indépendante du récit général. C'est de cette manière, je crois, que je me rapproche du cinéma, du moins d'un certain cinéma : beaucoup d'images, une fragmentation des images et le fonctionnement autonome de chaque image dans la succession.

Tu as toi-même déjà réalisé deux films, *L'India che danza* en 1993 et, dix ans plus tard, *Guerra*. Qu'est-ce que ton premier passage derrière la caméra a représenté pour toi ?

Quand j'ai filmé les images de *L'India che danza*, il s'agissait vraiment pour moi d'être là-bas, et d'y chercher la danse. J'ai trouvé beaucoup de danse dans ce pays et dans cette culture. J'ai trouvé de la danse dans le simple geste d'un homme qui boit de l'eau... danser, c'est un rythme.

Tu as voulu montrer qu'on pouvait trouver la danse dans des situations autres que la danse proprement dite. Mais le fait de décider de filmer et de monter ces images, de réaliser un film, à quoi cela correspondait dans ta démarche ?

Au besoin, je crois, de trouver et de montrer une beauté, un art qui existe déjà dans la vie : il n'y avait rien d'autre à faire que filmer. Pour moi, le film ce sont des images documentaires qui, par le montage, deviennent un voyage, quelque chose de différent.

Le cinéma, selon toi, ce serait une somme d'images prélevées dans la réalité et qui accède au statut d'œuvre par la manipulation du montage ?

Oui. Mais cela répond aussi à l'idée que, dans la vie, quand on marche dans la rue par exemple, il se passe une infinité de choses. Avec une caméra, on devient plus sensible à tout ce qui se passe. La caméra permet, comme la photographie, d'arrêter, d'isoler des moments qui parfois passent très vite et d'y trouver de l'art, de la poésie, de la beauté, de la vérité. Le cinéma permet d'arrêter ces moments et de faire ainsi apparaître clairement leur poésie.

Par ailleurs, tu prépares actuellement un film dont le projet est très différent puisqu'il s'agira de mêler réel et fiction...

C'est un peu délicat d'en parler maintenant. C'est un film qui, comme tous mes spectacles, passera au travers de mon histoire, de notre histoire, de la rencontre avec Bobò… de toute cette aventure. Une histoire réelle, de douleur, de lutte, de rencontres et d'occasions que te donne la vie y compris au milieu de la souffrance. Mais dans mon théâtre, c'est devenu un langage : il y a constamment une vérité et une fiction qui se mélangent. Pour le film, faire surgir la vérité est plus compliqué parce qu'on peut tout inventer au cinéma, c'est un peu le danger. C'est pourquoi on préfère raconter de petites histoires plutôt que d'aborder le grand thème de la vie. Je veux, dans ce film, aborder le grand thème de la vie, en trouvant un langage qui permette, tout en gardant la vérité de notre histoire vécue, d'accéder à une dimension autre, à la dimension du rêve : je voudrais que ce film parle de nous sans parler uniquement de nous.

Au fond, ce n'est pas très différent de ta démarche au théâtre ?

Au théâtre, la dimension de la fiction ou de la transposition est claire d'emblée. Au cinéma, souvent, on entre dans le film et on perd la dimension de la fiction. Au théâtre, ce caractère est tout le temps présent puisqu'au théâtre tout est faux. Tandis qu'au cinéma tout est vrai, tout semble vrai. Comment faire en sorte d'inverser les choses au cinéma, c'est-à-dire d'exprimer la fiction dans un langage filmique, pour être libre, après, de faire surgir une vérité ? De ce point de vue, théâtre et cinéma sont un peu opposés.

Pour toi, ce film est une expérimentation ?

Dans tout ce que j'ai fait jusqu'à présent, au théâtre, à la radio, j'ai toujours eu besoin de faire des expériences, pas pour le simple plaisir d'expérimenter, mais parce que la recherche, la découverte me sont nécessaires. C'est un processus d'apprentissage qui me permet de découvrir des choses qui m'appartiennent. De la même manière, quand je voyage, j'ai besoin de voir pour la première fois, j'ai besoin de vivre ou revivre des expériences, des situations, comme si je les vivais pour la première fois. Je ne peux pas rester dans le déjà-connu, dans le déjà-vu.

Guerra, le film que tu as réalisé récemment à la suite d'une tournée en Israël et en Palestine, est encore plus éloigné du documentaire que *L'India che danza*. Tu l'as défini comme une œuvre lyrique et c'est une transposition de l'expérience qu'a été cette tournée.

C'est totalement ma vision. *Guerra* ne montre pas la réalité israélo-palestinienne, c'est mon regard sur cette région, une vision partiale, subjective, volontairement partielle. Je ne veux pas me laisser envahir par la réflexion, le discours, l'idéologie.

Est-ce que le voyage en Palestine et le film *Guerra* sont deux voyages, deux expériences différentes ? Simplement, la seconde utilise des matériaux récoltés dans la première ?

Je pense qu'à la limite j'aurais pu faire le film sans avoir été là-bas, sans avoir participé à ce voyage. Le premier voyage a été accompli avec mon corps, avec mon théâtre, le second avec des images, des visages… Ce sont deux voyages complètement différents. Il y a parfois des situations qui se croisent, qui se recoupent, mais c'est accidentel. L'accident m'intéresse, j'y découvre toujours des choses. Mais ça n'a aucune importance qu'on retrouve dans le film l'émotion que j'ai pu éprouver au cours du voyage. Je ne cherche pas non plus à retrouver la logique ou le déroulement de notre voyage. Je cherche une force qui rende l'expérience vivante.

Au départ, pourtant, tu voulais rendre compte de la tournée ?

Oui, je pensais réellement faire un documentaire sur le voyage, mais quand j'ai vu les images, toutes ces heures de rushes, je n'y ai rien trouvé qui ranime l'émotion éprouvée quand nous étions là-bas. Par exemple, il y a des images de notre arrivée en plein couvre-feu dans le camp de réfugiés de Deishe, mais la sensation de peur n'est pas dans ces images. Elles sont belles, mais on n'y retrouve pas toutes les sensations éprouvées – peut-être parce que nous baignons dans une culture de l'image. Nous en voyons tant que l'image a perdu sa force : les sensations vécues sont beaucoup plus fortes que les images de la situation. J'ai donc dû, d'une certaine manière, oublier le voyage pour faire ce film. Et j'ai voulu proposer une vision poétique, picturale… Je me suis retrouvé dans une situation identique à celle de la construction d'un spectacle : j'ai oublié, mis de côté tous mes souvenirs, toutes mes impressions du voyage, et j'ai commencé à réunir des images ou des séquences entre lesquelles je percevais une harmonie secrète, pour trouver une danse, un rythme, une musicalité.

De manière presque abstraite ?

Oui. J'ai commencé par l'image d'un enfant qui joue, puis, dans une tout autre situation, j'ai trouvé une femme qui regarde – qui m'a peut-être suggéré l'image d'une mère… Le processus est réellement important. Comme il y avait énormément de matériel, la production avait fait une sorte de prémontage avec des images que j'avais choisies. Mais, sur une heure de prémontage, il ne se passait strictement rien sur le plan humain, émotionnel. Il y avait, par exemple, ce vieil homme qui crie et qui pleure que j'ai gardé dans le montage définitif. Mais, dans le prémontage, sa présence prenait un caractère idéologique et ça m'a mis violemment en colère : j'avais l'impression qu'on m'imposait un discours, des idées. J'ai alors compris que je devais travailler comme j'en ai l'habitude au théâtre : chacun peut faire des propositions, mais j'ai besoin de m'approprier le matériau sur lequel je travaille.

Pour cette séquence avec le vieil homme qui crie, j'ai enchaîné sur une scène de *Guerra* dans laquelle je crie, comme une émotion qui se poursuit d'un lieu à l'autre, et ça fonctionnait, c'était juste. Ce n'est pas un discours, je ne cherche pas à comprendre ou à imposer artificiellement un sens, c'est comme une partition musicale. Dans le cinéma, plus encore qu'au théâtre, on a la possibilité de prendre des éléments, de saisir des êtres, de mélanger des espaces et des temps, et de reconstruire une histoire.

Si *L'India che danza* propose ta vision de l'Inde, quel est l'objet de *Guerra* ? C'est ta vision de l'humanité ? de l'humanité en guerre ? de la Palestine ?

Comme toute œuvre artistique, le film *Guerra* se situe du côté du rêve. Il y a parfois dans le rêve des vérités incompréhensibles, mais étonnantes, des vérités qui vous dépassent. Chaque fois que je regarde *Guerra*, je comprends des choses nouvelles et les spectateurs du film le comprennent et le reçoivent de manières très différentes. Ce n'est donc pas ma vision de la Palestine, ce sont des images contradictoires qui sont entrées en moi. Quand je trouve une harmonie, un rythme, une musicalité entre des images, je les assemble de telle ou telle manière, mais je ne saurais pas expliquer pourquoi. Dans plusieurs mois, dans un an peut-être, je comprendrai, mais comme dans le processus qui accompagne la création d'un spectacle, je n'ai pas cherché à comprendre. J'ai simplement voulu composer la "musique" qu'est ce film, retrouver l'innocence, la pureté d'un regard d'enfant.

C'est aussi pourquoi je redoute, pour mon prochain film, l'existence d'un scénario préalable qui m'impose un sens, une lecture, et me fasse perdre toute liberté de découvrir d'autres pistes, au-delà de ce que j'envisage de raconter. Cela fait plusieurs années que je travaille à ce projet et le scénario a déjà été réécrit dix fois, mais je bute constamment sur des ficelles, des éléments qui me semblent didactiques et limitent le champ des possibilités. Je préfère rester ouvert à tout ce qui peut me surprendre.

C'est donc la même attitude que celle que tu adoptes au théâtre.

C'est le même principe, oui.

LES *BARBONI*

Aide-moi à comprendre ! Aide-moi à comprendre pourquoi il n'y a plus d'amour dans les yeux des hommes. Aide-moi à comprendre le sourire de ceux qui aiment, pour que je puisse sourire et aimer moi aussi. Aide-moi à comprendre l'immense cadeau que tu m'as fait. Parce que, tu vois, j'existe moi aussi.

Extrait du monologue
d'Armando Cozzuto pour *Barboni*

Nos cœurs tremblement de terre
Nos fleurs des champs de bataille
Ou seulement des rues à parcourir
A pieds vagabonds

Extrait d'une poésie de M. Puma
pour *Barboni*

J'étais seul à la plage
J'ai lancé des galets dans l'eau
Qui sait si j'ai fait mal aux poissons ?
Puis je me suis allongé sur l'herbe
Qui sait si j'ai écrasé les fourmis ?
Deux types se sont moqués de moi
Ils ont ri de moi
Qui sait s'ils m'ont blessé ?

Poème de Bernardo Quaranta
cité dans *Barboni*

Un théâtre essentiel, sur un plateau nu, un théâtre qui repose uniquement sur l'action des acteurs – des acteurs qui ne jouent pas, mais sont, simplement. Un théâtre qui va, toujours plus, se confondre avec la vie.

Note d'intention de *Barboni*

Barboni évoque ta rencontre avec Bobò.

C'est la rencontre avec Bobò, mais aussi le moment où elle s'est produite, ce moment de ma vie où la maladie physique avait régressé de manière presque miraculeuse, mais où j'étais plongé dans la douleur, dans la dépression.

Je suis tombé dans un trou noir. Je me suis mis à avoir peur de tout, à avoir peur de mourir surtout. Et alors je ne mangeais plus, je ne dormais plus, je ne me lavais plus. Je passais toute la journée comme ça, hébété, sur une chaise. Et alors j'ai eu peur. Et j'ai commencé à appeler à l'aide. J'ai appelé à mon secours Pepe, cet homme-là ; j'ai appelé ma famille, mes amis. Et Pepe, par exemple, parfois, le soir, pour me remonter le moral, qu'est-ce qu'il faisait ? Il me lisait Beckett. Alors je me suis dit : "Je veux voir si je suis devenu vraiment fou." Et alors je suis allé dans les rues de Loano, la petite ville où j'habite, et je disais aux gens que je croisais : "Pardon madame, mais je me sens si malheureux !" Et ils me répondaient parfois ceci : "Mais, vous savez, tout le monde est un peu malheureux dans la vie !" Ou bien – Loano est une petite ville très touristique, surtout l'été – cela : "Pardon, mais je ne suis pas d'ici." Alors, comme disait ma mère, je suis vraiment devenu un clochard. Alors je me suis dit : "Je vais aller à la recherche des clochards." Et je suis allé dans les rues, sur les places, à l'hôpital psychiatrique. Et j'y ai trouvé des personnes qui, je ne sais pas, peut-être parce qu'elles avaient beaucoup souffert, me paraissaient plus heureuses. Ou qui, du moins, me rendaient un peu plus heureux.

Barboni (extrait du prologue)

Bobò.

Parmi ces personnes, il y a bien sûr Bobò, microcéphale et sourd-muet que tu as rencontré dans cet hôpital psychiatrique d'Aversa. Mais comment la compagnie a-t-elle été invitée là pour faire un stage qui n'était pas destiné aux patients, mais à des acteurs professionnels ?

Le travail théâtral est très concret, mais il y a des expériences qui dépassent l'ordre de la compréhension et qui, en même temps, redonnent du sens à ce que l'on fait. L'expérience d'Aversa se situe à ce niveau : elle relève du hasard, et non d'une décision, comme la plupart des événements importants de ma vie. Ce sont des moments d'ouverture où je laisse la vie m'apporter des choses.

Pour Aversa, une amie m'avait demandé de faire un stage à Naples et elle avait imaginé d'utiliser pour cela une salle de cet hôpital psychiatrique. En fait, il y avait tout un groupe d'acteurs et de danseurs qui répétaient dans cette salle, certains travaillaient aussi avec les patients – c'est pourquoi ils ont pensé à ce lieu. Mais je n'ai pas fait attention à cet aspect : j'allais très mal à cette époque et, après *La rabbia*, j'avais même arrêté de travailler pendant plusieurs mois. Je crois que s'il avait été question d'organiser un stage *dans* un hôpital psychiatrique, j'aurais sans doute refusé. Jamais je n'ai eu le projet ou l'intention de faire entrer un fou dans ma compagnie. Mais c'est vrai qu'à ce moment-là j'étais dans la confusion, incapable de prendre des décisions, et la seule chose qui importait était de me remettre au travail.

Ça fait combien de temps que nous sommes tout le temps ensemble ?

Je ne sais pas. Cinquante ans peut-être.

Tu te rappelles le jour où je me suis jeté dans le fleuve et toi tu m'as repêché ?

Je me demande si on n'aurait pas mieux fait de rester seuls, chacun de son côté. On n'était pas fait pour le même chemin.

Ce n'est pas sûr.

Rien n'est sûr.

On peut toujours se quitter, si tu crois que ça vaut mieux.

Reste avec moi !

Est-ce que je t'ai jamais quitté ?

Barboni (d'après Beckett)

Pepe, Lucia, Gustavo, Simone et Marina Mondini, qui a longtemps fait partie de la compagnie, m'ont beaucoup entouré pendant cette période et ils essayaient de ranimer mon intérêt pour le théâtre. Pour me sortir de la dépression, mais aussi parce qu'ils avaient envie et besoin de travailler.

Parmi les références et les emprunts à Chaplin, à Fellini ou au poète-vagabond génois Bernardo Quaranta, la citation d'*En attendant Godot* a clairement sa place dans une pièce comme *Barboni*. Mais Pepe te lisait-il vraiment du Beckett à cette époque ?

C'est possible, je n'en suis pas sûr. Ce n'était peut-être pas le meilleur moment, mais je crois que je lui demandais de me lire Kafka aussi ! Grégoire Samsa correspondait bien à mes fantasmes de l'époque : la maladie comme un monstre qui me dévorait de l'intérieur ! En tout cas, avec Beckett, j'ai eu une rencontre aussi vivante qu'avec Pasolini. Beckett a été comme un ami dont l'œuvre apportait plus d'ampleur, plus de portée, plus de sens aussi sans doute, à ma rencontre avec Bobò et c'est à l'occasion de *Barboni* que je l'ai vraiment rencontré.

Pour revenir à Aversa, comment s'est déroulé ce stage ?

Nous étions dans cet hôpital et trois malades venaient assister au travail, Bobò et deux autres qui passaient toute la journée là, à regarder. La femme qui avait organisé le stage m'a dit que Bobò faisait un peu de théâtre et qu'il chantait très bien l'*Ave Mari*a. Je n'ai pas bien compris comment un sourd-muet qui n'émettait que des sons inarticulés pouvait chanter l'*Ave Maria*, mais bon. Le stage a commencé, Pepe faisait faire du training aux acteurs, et moi j'avais plutôt envie de me mettre à travailler avec ces trois personnes. Mais je ne sais pas vraiment pourquoi. Sans doute pour ne pas penser, pour ne pas souffrir, pour ne pas mourir. Comme quand tu te tapes la tête contre un mur et que tu cherches à trouver d'autres possibilités pour exister derrière ce mur : faire de la peinture, partir en Afrique, n'importe quoi, mais d'autres possibilités de vivre.

Après ces mois de maladie, de douleur, de médicaments, de nuits sans dormir, il m'était impossible de remonter sur un plateau et de me remettre à travailler normalement, avec des acteurs et des danseurs, comme s'il ne s'était rien passé. J'avais besoin de trouver autre chose : Bobò était là, ça a été Bobò et les deux autres avec lui, un type énorme, schizophrène je crois, et un alcoolique. J'ai donc commencé à travailler avec eux. Mais Bobò était spécial : il était difficile de rester à côté de lui à cause de son odeur, terrible, mais il avait une délicatesse, une élégance vraiment particulières.

Autrement dit, Pepe travaillait avec les acteurs, les trois patients de l'hôpital regardaient le travail et toi tu regardais ces trois personnes ?

Je ne me souviens pas très bien, parce que je n'avais pas d'intention *a priori*. Il ne me reste que quelques images : Bobò en train de s'échauffer, par exemple. Mais je me rappelle d'un petit montage que j'avais fait et dans lequel intervenaient les trois patients. Je donnais des thèmes d'improvisation : trouver des gestes d'amour, de tendresse… C'était une attitude un peu infantile, un peu désespérée et sans doute aussi un peu pathétique, mais à l'époque je cherchais constamment des réponses à ma souffrance. Ainsi, quand je dirigeais des stages pour enfants à Loano, je leur demandais des signes de douceur, de beauté, de bonheur, d'amitié, de force. Je demandais des réponses que je n'obtenais jamais, bien sûr ! C'était un peu la même chose à Aversa : Bobò ne comprenait pas les thèmes que je proposais, mais il regardait ce que faisaient les autres, il prenait l'énergie. Ses gestes étaient très doux, très amoureux, pleins d'émotion, de nécessité aussi. Il était à la fois sans défense et désarmant, il me touchait beaucoup. Et puis il était très concentré. Maintenant qu'il est devenu une star, quand il en fait un peu trop, je le taquine, je lui dis : "Tu as perdu les qualités que tu avais quand je t'ai rencontré ! Rappelle-toi d'où tu viens !" C'est normal, c'est heureux que la vie lui ait permis d'oublier. En tout cas, au début, il mettait toute sa vie dans le moindre de ses gestes.

C'est alors qu'a commencé cette folie, cette histoire absurde : après le stage, nous sommes rentrés en Ligurie, j'ai commencé à travailler sur le spectacle qui allait devenir *Barboni*, et j'étais prêt à y faire entrer tous ceux qui voulaient : par exemple, j'ai croisé M. Puma dans la rue – cela faisait longtemps que nous nous connaissions, mais il n'avait jamais été possible de travailler ensemble – et je lui ai dit : "Nous partons à Naples monter un nouveau spectacle, il n'y a pas d'argent, rien, mais si tu veux tu peux nous accompagner." Lucia, Pierino, Gustavo, Simone, Elena et Marina sont venus aussi. Et à Naples, dans la rue, j'ai fait la connaissance d'Armando Cozzuto qui a eu la polyo et se déplace sur des béquilles, et je lui ai proposé de se joindre à nous. Je ne posais aucune limite.

A Naples, c'est un théâtre qui vous avait invités à monter un spectacle ?

Nous avions la possibilité de travailler au Teatro Nuovo – un théâtre qui se trouve dans le Quartier espagnol, le quartier le plus populaire et

Armando Cozzuto.

sans doute l'un des plus "chauds", des plus dangereux de Naples. Et tout se mélangeait, la compagnie, Bobò, M. Puma, Armando et Naples, les Napolitains, les bars, les ruelles où on se faisait voler... C'était une vraie folie. *Barboni* est né dans un moment d'anarchie totale, de totale absence de règles. Je ne savais pas bien ce que j'allais faire. Comme si c'était la première fois que je faisais un spectacle, sans technique, sans projet défini... J'avais juste l'idée de parler de la rencontre avec Bobò. C'était une situation totalement déjantée. Je prenais encore des médicaments, alors je dormais beaucoup. Et j'étais dans une phase où je ne voulais penser à rien. On se retrouvait sur le plateau, je proposais des choses, les acteurs m'en proposaient d'autres, et c'étaient des conditions de travail assez folles : à certains moments, il fallait libérer la salle, alors on passait constamment d'une salle à l'autre et ça prenait une heure chaque fois. Tous les jours, nous devions aller chercher Bobò à l'hôpital, à trente kilomètres de Naples – il nous attendait dès 6 heures du matin, avec un énorme drapeau de l'Inter de Milan –, puis le ramener. Et quand il arrivait au théâtre, il commençait par saluer chaque personne.

Les gens d'Aversa avaient accepté qu'il vienne travailler avec vous ?

Il y avait une personne surtout qui protégeait cette idée, mais la famille de Bobò posait beaucoup de problèmes. Il avait une tutrice, une vieille femme habillée de noir, pour qui c'était inacceptable. Alors, je ne me souviens plus très bien, mais je crois qu'au début c'était un secret. Après, il s'est passé beaucoup de choses, et puis cette femme est morte.

Elle est morte avant la création de *Barboni* ?

Je ne sais plus. Mais je raconte souvent que Bobò a fait trois signes avec ses mains pour décrire la mort de cette femme.

Quels signes ?

Le premier, ce sont les mains croisées sur la poitrine, le deuxième est comme un battement d'ailes et le troisième, c'est un doigt tendu comme s'il tirait au fusil. Ce sont trois signes, comme un haïku, qui décrivent sa relation avec cette femme. Le premier dit la douleur, car cette femme était sa seule famille, son seul lien avec l'extérieur ; tous les quinze jours elle lui rendait visite et elle lui apportait quelque chose – mais cette femme lui prenait aussi sa pension d'invalidité ! Le deuxième signe, qui évoque un ange, dit peut-être l'espoir ; c'est comme une réminiscence religieuse, chrétienne. Et le troisième dit le désir de la tuer, dans la mesure où sa mort correspondait pour Bobò à la liberté, à la possibilité réelle de sortir de ce lieu. C'est magnifique la manière dont il a résumé cet événement en trois gestes qui disent la douleur, l'espérance et la liberté.

Il est clair que, dans mon théâtre, Bobò a trouvé son lieu. Bobò ne chante pas l'*Ave Maria*, c'est la Callas qui chante l'*Ave Maria*. La force de Bobò n'est pas là, elle est dans sa capacité à dire, à raconter avec son corps, avec ses gestes. On dit que Bobò a attendu très longtemps, presque soixante ans pour trouver son lieu. Mais il y a des gens qui ne le trouvent jamais. Et s'il avait rencontré quelqu'un qui fait du théâtre avec des handicapés, il n'y aurait peut-être pas trouvé sa place. Là, il a trouvé un lieu qui lui a permis de devenir poète. C'est tout un parcours, toute une histoire dans laquelle il s'est trouvé embarqué.

Quand sa tutrice est morte, nous avons pu envisager sérieusement de le faire sortir de cet hôpital et de l'emmener vivre avec nous.

Quand j'ai rencontré Bobò à l'asile psychiatrique d'Aversa où il était enfermé depuis quarante-cinq ans et que je l'ai emmené avec moi, on s'est retrouvés dans la rue et chaque chose qu'il voyait, chaque objet qu'il trouvait, chaque panneau publicitaire, chaque personne qu'il rencontrait était quelque chose que Bobò découvrait pour la première fois de sa vie. Et la dernière chose que les médecins m'ont dite avant de refermer derrière nous la porte de l'hôpital, c'était : "Bobò est destiné à être pour toujours un enfant."

Guerra

Mais le personnel soignant a accepté de le laisser sortir ?

Oui, mais c'était compliqué. Car, tout à coup, on a découvert l'existence d'une sœur qui avait complètement disparu pendant cinquante ans. Au début, elle était encore plus dure que la tutrice et il y a eu tout un combat juridique. Mais elle s'est adoucie après la création de *Barboni*. La compagnie était alors pleine d'énergie et du désir de poursuivre cette aventure folle, incroyable… Tout ce groupe improbable se retrouvait dans une camionnette : il y avait Bobò que nous avions pour ainsi dire kidnappé – Bobò qui poussait ses cris de sourd-muet –, Armando qui vivait comme un clochard alors il fallait ouvrir toutes les fenêtres parce qu'il dégageait une odeur impossible, M. Puma qui était incapable de tenir en place et qui bougeait tout le temps, qui donnait des coups de poing dans les fauteuils. Pour des gens qui ont un minimum de lucidité, c'est difficile à supporter. Mais nous étions prêts à tout et, maintenant, c'est devenu normal pour nous.

Les *barboni* dans leur camionnette
(de gauche à droite, devant : M. Puma, Marina Mondini, Gustavo Giacosa,
derrière : Pepe Robledo, Lucia Della Ferrera et Bobò), 1997.

Nelson Lariccia est-il vraiment venu voir *Barboni*, comme tu le racontes dans *Guerra* ?

Nelson est arrivé plus tard, quand *Barboni* avait commencé à tourner, à avoir du succès, à remporter des prix. J'allais mieux, la compagnie avait retrouvé sa vitalité. Et, comme toujours, je me suis demandé : "Et maintenant ?" La création de *Barboni* correspondait à une période de destruction, de complète remise en cause, mais très souvent, quand je rentre dans la salle pour mettre en chantier un nouveau spectacle, j'ai la sensation que je ne sais plus rien. Après une expérience aussi forte, comment inventer, comment trouver un lieu, un espace qui non seulement m'appartienne, s'inscrive dans mon histoire ou dans celle de la compagnie, mais qui puisse aussi être partagé et toucher beaucoup de gens. C'est une responsabilité. Alors, j'ai eu envie de me laisser entraîner dans cette aventure, d'aller rencontrer d'autres clochards, d'autres vies, d'autres histoires.

A ce moment-là, Armando était le seul clochard que tu connaissais ?

Armando n'est pas véritablement un clochard. Il a une famille, mais un peu particulière, ils sont douze enfants. Il vit comme un clochard, mais il ne dort pas dans la rue, il a une maison dans laquelle il rentre tous les soirs, une maison où tout le monde hurle en permanence. Quand on lui téléphone, c'est insupportable ! Maintenant que son père est mort, c'est un peu plus calme, chez lui. Toujours est-il qu'Armando, à l'époque, était le plus clochard de la compagnie.

L'année dernière, nous avons joué à Naples, au palais du roi, et nous sommes allés à l'asile de nuit pour inviter quelques clochards à voir notre spectacle. Et une dame qui se trouvait là m'a dit : "Bien sûr que je vais venir voir votre spectacle, je ne suis jamais entrée dans le palais du roi." Et un autre monsieur a dit : "Bien sûr que je viendrai. Comme ça, si les élus ou des personnes de ce genre sont là, on leur dira que l'asile est plein de puces et ils feront peut-être quelque chose." Et une bonne sœur qui était là lui a répondu : "Si le dortoir est plein de puces, c'est parce que Dieu l'a voulu ainsi." Et puis un autre monsieur, Nelson, qui a vécu longtemps en Amérique et qui s'est retrouvé sans travail en Italie, à dormir à la gare, m'a appelé de loin et m'a dit : "Monsieur le metteur en scène !" "Oui ?" "Je viendrai volontiers voir votre show. Vous savez, j'adore danser..." Oui, Nelson !

Guerra

Nous avons effectivement joué *Barboni* au Palazzo Reale, à l'occasion d'une opération un peu démagogique organisée par la municipalité de Naples qui avait invité des vieux, des clochards qui arrivaient par cars entiers de Naples et des environs. Il y avait quelques bourgeois dans le public, car cette soirée était un événement. Et la famille de Bobò était là aussi. C'est sans doute la représentation de *Barboni* la plus dure que nous ayons faite : il y avait mille personnes, mais nous ne pouvions pas commencer à jouer tant que tous les groupes n'étaient pas arrivés. Je commence toujours avec un peu de retard, mais au bout d'une heure ou plus, c'était trop : je suis allé sur le plateau pour expliquer que nous n'en étions pas responsables et j'ai invité les personnes qui le voulaient à monter sur scène pour présenter ce qu'ils voulaient. L'un a chanté une chanson, l'autre a raconté une petite histoire... et enfin nous avons pu commencer la représentation.

Mais, à plusieurs reprises, je me suis demandé s'il ne fallait pas l'interrompre, parce qu'il y avait beaucoup de très vieilles personnes dans la salle et, de temps en temps, l'une ou l'autre devait aller aux toilettes. Et comme les rangées étaient très étroites, chaque fois que quelqu'un sortait pour aller faire pipi, toute la rangée devait se lever et à nouveau quand cette personne revenait à sa place.

Plus tard, au moment où Bobò arrive dans la salle avec sa trompette, sa sœur a jailli de son fauteuil et elle s'est mise à crier : "Ah Bobò !" Et Bobò essayait de la repousser pour pouvoir continuer à jouer. C'était comme dans les spectacles de mon oncle Pino : dans ces spectacles amateurs, où tout le monde connaissait tout le monde et où tout à coup un spectateur se mettait à interpeller directement : "Eh, Pino !" Et Pino répondait en dialecte : "Ne m'interromps pas !" C'était très vivant et j'aimais beaucoup cette dimension du théâtre de mon enfance. Je me suis rendu compte récemment que j'avais peut-être conservé ou cherché à retrouver cette façon d'être au théâtre.

Nelson était-il parmi ceux qui sont montés sur le plateau lors de cette soirée au Palazzo Reale ?

Je ne crois pas. En fait, j'ai vraiment commencé à rencontrer les clochards après la création de *Barboni*. Je ne sais plus comment est venue cette idée, mais ça faisait partie de mon délire à cette époque, et les acteurs de la compagnie m'accompagnaient comme ils l'avaient toujours fait, ils me soutenaient dans cette folie : ils étaient un peu sens dessus dessous, mais ils me faisaient confiance, une confiance énorme. Avec *Barboni*, une nouvelle aventure avait commencé, dans laquelle tout le monde était ouvert à l'imprévu, et un peu fasciné aussi.

Nous sommes donc allés rencontrer des clochards, à la gare, dans des foyers sociaux, religieux, ou dans des cantines de Naples. Gustavo, en particulier, s'est beaucoup investi : il est le premier à avoir travaillé avec Nelson, par exemple.

Je me souviens qu'on allait le soir à la cantine Ozanam. Je prenais des notes, même si je n'avais pas l'intention d'utiliser ces notes, j'écrivais sans arrêt. Et avec Pepe, Gustavo, Lucia, Simone, nous essayions d'entrer en contact avec ces personnes, de parler avec elles, de les faire bouger. Et puis elles partaient, certaines revenaient, d'autres pas. Et certaines nous demandaient de l'argent – c'est normal, mais je n'étais pas là pour ça. Beaucoup de gens avaient un comportement étrange, un peu fou. Je me souviens d'un petit vieux qui chantait magnifiquement et d'un autre qui buvait beaucoup. Il y avait aussi un homme très amoureux de Lucia, deux mecs qui s'engueulaient sans arrêt, un autre encore qui était assez vulgaire, mais qui avait un visage très expressif… Pour travailler avec un acteur, il faut être un peu amoureux : c'est très important pour moi qu'il y ait un peu d'érotisme, de sensualité, sur le plateau. Nelson était très respectueux du travail, il ne demandait pas d'argent et c'était intrigant, mais il ne me touchait pas du tout, il était sans doute le moins intéressant parmi ceux que nous avons rencontrés. Il était très fou, il vivait dans la rue, parfois il dormait chez les sœurs de la Charité, mais c'était vraiment un clochard.

Vous pouviez parler avec lui ?

Un peu, mais son discours était assez incohérent. J'ai demandé à Gustavo de lui montrer des mouvements très simples qu'il devait reproduire, mais ce n'était vraiment pas convaincant. C'était un an après la création de *Barboni*, expérience "vitale" avec laquelle je m'étais détaché, totalement libéré, de la nécessité d'une quelconque technique théâtrale. Et la compagnie m'avait suivi. Mais, indépendamment de tout jugement de valeur, je ne voyais vraiment pas ce que Nelson pourrait bien faire avec nous – encore une fois, on ne peut pas prévoir, jamais je n'aurais pu imaginer la place qu'il allait prendre dans l'histoire de la compagnie. Nous sommes donc revenus à plusieurs reprises dans ce lieu, nous avons aussi un peu travaillé dans une salle du Teatro Nuovo. Mais, petit à petit, les personnes que nous avions rencontrées ont disparu les unes après les autres. Et seul Nelson est resté. Au Teatro Nuovo, je lui avais demandé de faire une petite chose avec Pierino et j'avais découvert qu'il avait une très bonne relation avec la musique.

Puis cette expérience s'est terminée et, quelques semaines après, nous sommes partis en Toscane, à Castiglioncello, pour travailler sur *Guerra*, le nouveau spectacle, avec toute la compagnie – tous ceux qui jouaient dans *Barboni* et deux musiciens, Fausto Ferraiuolo et Tomaso Olivari. Mais, au moment du départ, nous avons croisé Nelson par hasard, dans la rue. On a parlé un peu, on a échangé quelques nouvelles et je me suis dit qu'après tout il pourrait nous accompagner, ainsi il aurait à manger pendant un mois. Je lui ai donc proposé de venir avec nous, il a un peu réfléchi et il a dit d'accord. Et il est venu, comme ça, sans rien.

Nelson Lariccia.

Gianluca Ballarè apparaît lui aussi pour la première fois dans *Guerra*.

Gianluca est un ancien élève de ma mère et je le connais depuis son enfance. Ma mère m'avait dit à plusieurs reprises qu'il voulait faire du théâtre, mais je ne voyais vraiment pas ce que je pouvais lui proposer. A l'époque, ça me paraissait impossible qu'un enfant mongolien puisse faire du théâtre. C'est toujours la même histoire : j'ai commencé par dire non, puis, comme ma mère insistait, j'ai fini par l'inviter à participer à un stage pour enfants que nous avions organisé à Loano, une expérience très intéressante. Il m'a avoué après qu'il attendait depuis très longtemps cette rencontre avec moi.

Quel âge avait-il ?

Il était beaucoup plus âgé que les autres, il avait dix-sept ou dix-huit ans, je ne sais plus exactement. Quand il est arrivé le premier jour, comme le joueur de flûte d'Hamelin, pendant une heure il a entraîné les enfants à faire toutes sortes de choses avec lui. Avec Gustavo, nous étions là, complètement débordés, incapables d'intervenir. C'était une véritable prise de pouvoir. A la fin, ils étaient morts de fatigue, les enfants et lui ! Et là seulement, nous avons pu prendre les choses en main.

Alors, quand nous sommes partis en Toscane, j'ai pensé à lui – je ne sais pas pourquoi. Si on réfléchit, qu'y a-t-il de commun entre Gianluca et Bobò ? Ou entre Gianluca, dont la famille est aisée et qui est toujours très élégant, et Nelson qui, à l'époque, vivait dans la rue ? Ce sont des personnes qui viennent de milieux et ont des parcours de vie complètement différents. C'est un peu la marque de mes spectacles ces dernières années : des rencontres improbables entre des personnes très différentes qui se retrouvent dans le même lieu, autour d'un projet commun. C'était déjà le cas pour *Barboni* et c'est aussi comme ça qu'a commencé *Guerra*.

Il y a encore un autre clochard qui est très proche de la compagnie, c'est Angelo Guerci qui a choisi la rue par conviction politique. Nous l'avons rencontré à la gare de Milan où il vit et il a participé à différents spectacles, *La rabbia*, *Her Bijit*. En fait, ses participations sont la plupart du temps accidentelles ; mais je pense que je vais faire appel à lui pour mon film : il est juste parce qu'il ressent une nécessité d'ordre politique, moral, à travailler avec nous. Mais Angelo est un cas ! Lors de la première à Cannes d'*Ecce homo**, un film dans lequel il apparaît, il a tenu à dormir à la gare. Angelo est capable de venir jusqu'à Lyon, par ses propres moyens, pour faire la danse et la séquence des anges dans *La rabbia*, ou même de faire cinq cents kilomètres, simplement pour boire un café avec nous, et de repartir à la gare de Milan. Il apprécie la dimension politique de mes spectacles, mais trop souvent il voudrait faire du théâtre une tribune politique ; il est tout le temps dans la réflexion, il ne fonctionne qu'avec la tête, il veut comprendre, c'est un modèle d'exaspération intellectuelle.

* Documentaire de Mirjam Kubescha sur Pippo Delbono et sa compagnie.

UNE GOUTTE DANS UN FLEUVE, UN MOT DANS UN LIVRE, LA LUMIÈRE D'UNE LAMPE*

Tu compares souvent la construction de tes spectacles à des partitions de jazz. Or, dans le jazz, il y a beaucoup d'improvisation. Quelle est la part de l'improvisation dans ton travail et, en scène, quelle marge d'improvisation avez-vous, toi et les acteurs ?

L'improvisation sur le plateau est l'une des choses les plus difficiles qui soient. Il faut connaître parfaitement la partition, ses rythmes, ses changements, pour pouvoir improviser. Une fois le montage terminé, le parcours des acteurs se poursuit, mais il s'agit tout au plus d'introduire dans le jeu des nuances, des microvariations, d'autant qu'il y a beaucoup de musiques dans les pièces et qu'elles imposent leur durée. Lorsqu'on improvise, qu'on prend quelques libertés par rapport à la partition, ce qui importe surtout c'est d'en avoir conscience et de rester attentif à l'harmonie générale.

Mais, dans l'ensemble, les acteurs préfèrent ne pas improviser. Parfois Nelson ou M. Puma improvisent de manière intéressante et je leur demande de garder ce qu'ils ont découvert, tandis que Pepe et Gustavo sont très attachés à la partition. Quant à Gianluca et Bobò, ce sont des fanatiques de la précision. Il arrive que Bobò improvise, mais très

* Extrait d'un texte de *Guerra* (d'après des poèmes celtiques sacrés, recueillis par Borges).

peu, et en général tous deux sont d'une grande rigueur par rapport à leur partition.

Bobò peut mettre des intentions très différentes dans son jeu : il peut jouer *Barboni* sur un registre comique ou y mettre beaucoup de tristesse. Il a une conscience corporelle équivalente sinon supérieure à celle de Pepe. C'est très mystérieux cette capacité qu'il a à arriver sur le plateau, à marcher simplement ou à s'arrêter et à focaliser l'attention du public. C'est un mélange d'inconscience un peu comparable à celle des enfants et d'hyperconscience, de transparence ou d'énorme fragilité et de grande force. C'est comme s'il avait trouvé naturellement les principes que nous avons appris avec le training. Dans *Esodo*, par exemple, il y a une séquence dans laquelle il danse sur une musique reggae, mais il part vers le fond du plateau avant de se placer à l'avant-scène. Il y a beaucoup de principes de ce genre dans le théâtre oriental, mais Bobò a décidé seul de faire ce pas de recul et ce changement de direction.

Cette capacité de Bobò ne serait-elle pas liée à son besoin de communiquer, de se faire comprendre qui l'aurait amené à inventer un langage dont les signes ne sont peut-être pas évidents au premier abord, mais dont la grammaire rejoint celles de certains codes théâtraux non occidentaux ou celle de ton training par exemple ?

Plutôt que de training, on pourrait parler de la capacité à raconter, à parler avec le rythme du corps, avec la conscience de son corps, de ses petits gestes, de son harmonie, de sa poésie. La poésie du corps ou du geste peut être comparée à de petits fragments photographiques : si on analyse une personne qui boit de l'eau par exemple, le mouvement qui consiste à porter le verre à ses lèvres se décompose en vingt petits gestes.

Autrement dit, le training devient un moyen de savoir comment on s'exprime au travers du corps. Cette conscience corporelle est réservée à l'espace du plateau, au travail de l'acteur, sinon ce serait monstrueux, il est impossible de vivre de cette manière-là. Mais sur scène il y a une attention à la division ou à la fragmentation du mouvement. Autrement dit, il s'agit de rechercher les qualités dramatiques du moindre petit geste.

Le langage théâtral que j'ai développé se base sur les principes du théâtre oriental, mais il s'en est séparé pour devenir une histoire complètement différente. C'est comme pour Charlie Chaplin dont on m'a dit qu'il avait repris certains principes de travail de Mei Lan Fang, le grand acteur de l'Opéra de Pékin. C'est difficile de reconnaître Mei Lan Fang chez Chaplin, mais je comprends très bien de quoi il retourne : cela consiste à partir d'un langage pour en créer un autre.

Maintenant, pour revenir à Bobò, il a toute la force, toute la conscience de la fragmentation du mouvement. Par exemple, sur un terrain de basket, il est capable de se placer dos au panier, d'envoyer le ballon dans le panier, de récupérer la balle et ainsi, trois fois de suite. Si on le filmait, on verrait que ses gestes s'enchaînent ou se décomposent de manière strictement identique, que son orientation dans l'espace est la même, que l'inclinaison de sa main est la même… Il est tellement concentré sur la fragmentation du mouvement qu'il peut se permettre de répéter trois fois une séquence aussi complexe. Peut-être à cause de sa condition physique, de sa surdité, à cause de la force de son regard sur l'extérieur, sur les autres, Bobò a spontanément une précision, une conscience corporelle qui est sans doute supérieure à celle que j'ai acquise par des années de pratique.

Par exemple, dans chaque spectacle, Bobò fume une cigarette, mais on pourrait faire une étude sur les infimes variations qu'il introduit d'une pièce à l'autre dans cette séquence et sur l'enchaînement des gestes qui en fait une danse. Dans chaque spectacle, ce sont des rythmes différents et cela crée des personnages différents. Bobò peut jouer beaucoup de personnages tout en restant lui-même. Pourtant, c'est difficile pour une personne comme lui, avec un corps comme le sien, de créer autant de personnages… mais sa capacité d'observation est telle qu'il réussit à capter et à s'adapter aux rythmes de l'action ou des acteurs qui se trouvent à côté de lui.

Bobò est un acteur qui correspond parfaitement à ma conception du théâtre, un théâtre non psychologique, mais physique. Je n'aime pas beaucoup le théâtre d'introspection. Pour moi, le théâtre est une discipline rigoureuse, même s'il peut procurer beaucoup d'émotion. Il y a, par exemple, dans le training des exercices qui consistent à "regarder avec son dos" : on demande à trois personnes de se mettre à genoux, de se tourner le dos et de sauter pour se lever, en donnant une impulsion au niveau lombaire, exactement au même moment. Si les trois personnes se lèvent au même instant, c'est qu'elles se sont écoutées, qu'elles ont su s'écouter. C'est un exercice qui exige une attention et une concentration considérables. Bobò, lui, sait "regarder" avec son dos. Quand nous jouons *Barboni*, à certains moments je perçois une écoute parfaite entre nous, je sens qu'il m'écoute comme s'il avait pratiqué cet exercice pendant des années. Dans la séquence de Beckett, nous sommes deux personnes, deux vies, chacun avec sa physicité propre, avec son rythme propre, mais nous sommes en phase, en harmonie. Nous y parvenons chacun à notre manière : Bobò spontanément et moi au bout d'un long parcours d'apprentissage. Par ailleurs, en scène, Bobò donne souvent l'impression qu'il fait un geste ou une action pour la première fois. Ce n'est pas vrai, il répète, mais il réussit à donner cette impression. Il m'arrive aussi d'éprouver parfois la sensation que je fais tel ou tel geste pour la première fois. Ce qui m'a permis de me rendre compte que tout ce travail sur le corps m'avait aidé à retrouver une sorte de naturel, une énergie comparable à celle des enfants. C'est très important de parvenir au point où la technique disparaît. Dans notre expérience, ce point est peut-être l'objectif à atteindre. En ce sens, la rencontre avec Bobò a été déterminante.

Quelle part prennent les acteurs dans le processus de création ?

L'acteur n'est pas seulement un interprète, c'est un créateur. Quand il improvise, il doit garder un certain recul, un regard sur ce qu'il fait, devenir un metteur en scène de lui-même. Il doit donc accomplir un parcours individuel qui est indépendant de la création des spectacles. Dans la compagnie, les acteurs travaillent beaucoup entre les périodes de création. Et même quand nous nous retrouvons pour préparer un spectacle, nous travaillons en dehors de la nécessité du spectacle : d'une certaine manière, le spectacle n'est qu'un effet, une conséquence du travail. Tout cela, je crois, est un héritage de Grotowski et nous nous inscrivons dans une histoire dans laquelle il a une place déterminante. Cette notion de pauvreté, de "théâtre pauvre", a été essentielle pour nous. Indépendamment de notre manque de moyens à un moment donné, c'était lié au principe d'un théâtre qui se fonde exclusivement sur l'acteur, sur la personne humaine. C'était l'idée selon laquelle la condition première du théâtre, c'est l'acteur. Pour moi, l'autonomie de l'acteur dont Grotowski a tant parlé, c'est sa capacité à poursuivre sa propre recherche, y compris dans la solitude. A rester dans la salle pour y mener un travail sur le corps, sur la voix, avec des objets, afin de transformer sa technique en signes, afin d'élaborer un langage.

Bobò et Pippo Delbono dans *Barboni*, 1997.

Est-ce que ce principe de l'autonomie de l'acteur explique que le noyau de la compagnie soit composé de personnes comme Gustavo, Lucia ou Simone qui ont su te démontrer leur engagement en tant qu'acteurs ?

Oui, ce sont des acteurs qui travaillent beaucoup et qui mènent un parcours solitaire. Souvent, quand je commence à travailler sur un nouveau spectacle, je propose aux acteurs de me montrer ce qu'ils veulent, ce qu'ils ont appris ou découvert, sans relation avec le thème du spectacle. Gustavo, par exemple, a récemment fait un apprentissage auprès d'un maître de butô : je ne sais pas ce que le butô peut apporter à ma prochaine création qui traitera du thème du pouvoir, mais ça n'a pas d'importance. Ce qui compte c'est que chacun poursuive une recherche en parallèle à la création du spectacle.

Chacun a sa vie, ses amours, ses engouements qui peuvent parfois me sembler stupides au premier abord. Mais, quand je commence une création, je ne veux pas imposer ma réflexion, mes goûts, mon style, parce que je me priverais de possibilités parfois énormes. Je dois savoir ouvrir, il n'y a pas de limites dans une création. Ainsi, pendant la création de *Guerra*, Gianluca revenait sans arrêt avec une chanson banale de Cristina D'Avena dont il voulait faire une imitation. D'abord, je lui ai dit non, mais, comme il insistait beaucoup, je l'ai laissé faire. Et soudain, dans la manière qu'il avait de "jouer" avec cette chanson, j'ai compris que, d'une certaine façon, il parlait de la guerre, de la part de monstruosité qui est en chacun de nous, et j'ai compris ce que cela pouvait apporter au spectacle.

Lucia, de son côté, a une certaine passion pour le kitsch. Pour *Il silenzio*, elle a fait une proposition sur une chanson de Brigitte Bardot. Elle l'a aussi fait par jeu – nous nous connaissons depuis longtemps et elle était sûre que je ne les utiliserais pas. C'est vrai que parfois les acteurs me montrent des choses que je trouve horribles, mais je note tout. Je me souviens que Pina Bausch notait tout ce que lui montraient les danseurs, sans porter de jugement. Je fais la même chose, j'écris tout ce qui se passe sur le plateau et dans la salle : c'est important de ne rien écarter *a priori*. Il arrive d'ailleurs que Lucia me montre des choses qu'elle m'a déjà montrées lors d'un précédent travail, elle attend le moment où ces propositions pourront trouver leur place dans une pièce. Et ça s'est déjà produit.

Pour *Il silenzio* – dont le thème était une catastrophe, le tremblement de terre de Gibellina –, Lucia et Gustavo m'ont présenté une saynette très kitsch : Gustavo lui offre un cadeau, une bague ou une étole en fourrure, par exemple, et Lucia minaude, s'émerveille, elle lui saute au cou ; et puis il lui apporte un autre cadeau… évidemment, tous ces objets merveilleux sont des accessoires à trois sous – ce qui me fait penser à cette réflexion de Kantor sur la dimension que peuvent prendre sur le plateau les objets les plus pauvres. J'ai tout noté, sans voir l'intérêt que pourrait avoir cette saynette pour le spectacle. Et finalement je l'ai resserrée, nous l'avons retravaillée et elle intervient comme une rupture dans un moment de forte tension dramatique : Lucia et Gustavo jouent cette séquence sur une chanson de Brigitte Bardot, ils s'enlacent, commencent à tournoyer et, dans un autre espace, je dis cette phrase d'amour qui est aussi dans *La rabbia* : "*Dimmi che mi ami*, dis-moi que tu m'aimes." Je me mets à crier, ils continuent à tourner et enfin, sur "dis-moi que tu m'aimeras toujours", ils tombent tandis que le son et la lumière changent. Sur une vibration sourde qui suggère un tremblement de terre, j'arrive alors en courant et je jette avec une extrême violence tous les "accessoires" de leur scène d'amour, les cadeaux, la table, la tasse de café… Ce monde kitsch de Lucia, cette représentation frivole de l'amour, est ainsi entré dans l'émotion du spectacle et il y a pris énormément de sens.

Cela pour expliquer qu'au début je garde tout ce qu'on me propose. Ensuite, je circonscris, je délimite davantage le champ des possibilités, mais au début j'accepte tout. Pour *Il silenzio*, j'avais aussi demandé aux acteurs d'écrire des associations sur le mot "silence", mais sur les centaines de formules qu'ils m'ont apportées je n'en ai retenu que deux. C'était une façon d'investir les acteurs dans la recherche, même si cela s'est fait sur le mode du jeu, sans finalité précise. Cela maintient une énergie, un climat de travail dans l'ensemble du groupe.

Pendant la période de création, tu demandes donc à tous les acteurs de te faire des propositions ?

Certains profitent de cette latitude, d'autres non. Si Gianluca se met à faire un play-back, il peut y passer trente minutes, je suis obligé de l'interrompre. Il y a des moments de liberté réelle au début du processus de création, et aussi certains jours où je n'ai pas d'idée, où j'ai besoin de laisser les choses reposer, et d'autres où les acteurs ont d'emblée des propositions à me faire. Il arrive quelquefois que je retourne à une pratique de travail que j'ai abandonnée : je mets une musique et, pendant deux heures, les acteurs travaillent à rechercher des mouvements. Je ne crois plus tellement à l'efficacité de ce genre d'exercice, mais, comme le dit Pepe, c'est agréable. Les acteurs sont généreux, ils donnent beaucoup : ils peuvent rester plusieurs heures à attendre des indications pendant que je travaille de mon côté, que je réfléchis à d'autres choses.

Certains jours, je me rends compte qu'on a passé notre temps à des stupidités, mais il y a aussi de la stupidité dans le théâtre, tout dépend du point de vue que tu adoptes sur ce qui se passe. Dans *La rabbia*, il y a toutes sortes d'éléments qui sont *a priori* stupides. La séquence de Gustavo sur Raffaella Carrà – qui est un pur produit de la télévision italienne – prend un sens tout à fait différent parce qu'elle est associée à la scène de torture qui se joue entre Pierino et moi. Autre exemple, pendant les répétitions de *Gente di plastica*, Nelson nous montrait tous les jours quelque chose qu'il était le seul à comprendre ; il descendait du plateau et disait en français : "Moi, je descends l'escalier, doucement, doucement. Je cherche quelqu'un qui me dise tu m'aimes, tu m'aimes." Il faisait cela chaque jour et sa présence dans cette action a fini par me toucher. Dans *Gente di plastica*, il y a donc une séquence où Nelson descend dans le public et sert du thé. C'est pourquoi je garde tous les matériaux que les acteurs proposent parce que chacun peut prendre de l'importance.

Il arrive aussi qu'ils me montrent des choses très belles, sans que je sache d'emblée comment les intégrer : quand on préparait *Esodo*, Bobò et Simone m'ont présenté une séquence de boxe qui n'a jamais trouvé sa place dans la pièce. Mais un an plus tard, au moment d'*Il silenzio*, je me suis souvenu de cette séquence et je l'ai utilisée.

Parfois aussi, quand une proposition me paraît juste, j'adapte la partition de manière à y inscrire cet élément. Il n'y a pas de règle absolue, c'est un processus à plusieurs. Par exemple, pendant la création d'*Esodo*, après deux jours sans rien faire, Bobò m'a demandé de mettre de la musique ; j'ai eu envie de mettre du Bob Marley et il a fait une sorte de reggae vraiment très spécial. C'était fantastique, mais que faire de cette danse dans *Esodo* ? Autre exemple, il y avait en Italie un ancien colonel de l'aviation très connu, Bernacca, qui, pendant des années, a présenté la météo à la télévision. Bobò l'a vu sans doute quand il était à l'hôpital et, un jour, il a pris une baguette et il nous a fait une sorte de bulletin météo avec des gestes d'une précision extraordinaire… Il y a donc une séquence dans *Esodo* où Bobò fait Hitler qui rêve de conquérir le monde : avec une baguette, il montre des points sur la carte. Pour lui, Hitler ne représente rien, cette gestuelle fait référence à Bernacca qu'il a vu pendant trente ans présenter la météo… Il y a eu ainsi une rencontre entre la proposition d'un acteur, une proposition issue de son univers personnel, et la dramaturgie.

En dehors de ces propositions, t'arrive-t-il de donner aux acteurs des directives précises ou des thèmes d'improvisation ?

Je leur propose souvent des thèmes d'improvisation, en particulier quand je recherche des choses très précises. Ou je les dirige, je leur dis clairement quoi faire. Mais il m'arrive aussi de les laisser travailler librement pour voir comment leurs propositions peuvent entrer dans la dramaturgie. C'est intéressant de voir comment une même séquence peut totalement changer de signification selon la manière dont elle s'articule avec une autre action simultanée ou dans la continuité du spectacle. Ça me paraît important aussi pour l'acteur de ne pas trop s'attacher à une signification, à une intention première : quand il fait une proposition, il accepte que je puisse la transformer radicalement du point de vue du sens.

Mais les acteurs ne travaillent pas toujours séparément, il leur arrive de se mettre à deux pour te faire une proposition ?

Oui, mais à condition qu'il n'y entre aucune émotivité. Si un acteur décide de travailler avec un autre, ou avec tous les autres, il dirige l'autre ou les autres personnes, il se met en position de mettre en scène. Si deux acteurs commencent à réfléchir ou à élaborer ensemble, ils établissent forcément une relation d'ordre psychologique et, dans ces conditions, il devient très difficile de découvrir quoi que ce soit. A moins qu'ils ne se mettent à plusieurs pour composer une danse, mais détachée de tout caractère psychologique.

Pour construire mes pièces, je procède comme pour le montage d'un film, j'assemble des éléments autonomes. C'est pourquoi il n'y a aucun dialogue entre les acteurs : chacun est seul, mais *à côté* des autres. Par exemple, si Lucia feuillette un roman-photo avec un air rêveur et que, deux mois plus tôt, dans une autre improvisation, Bobò fume assis sur un canapé, j'assemble ces deux éléments et j'en fais une des scènes familiales idylliques de *Gente di plastica*. Je note tout ce que me montrent les acteurs, mais ils doivent être capables eux aussi, même longtemps après, de reproduire avec précision chacune de leurs propositions.

Cela signifie qu'ils notent tout, eux aussi ?

Oui, ils notent tout, ce qui leur permet de garder une distance même dans l'improvisation. Je n'aime pas que l'émotivité règne dans la salle de travail. Il y a beaucoup d'émotion dans nos spectacles, mais elle vient après, au moment où le public est là. L'émotion, c'est pour le public, pas pour les acteurs.

Tu peux être amené à faire retravailler un acteur sur une proposition avant même de savoir ou d'avoir décidé qu'elle aurait sa place dans la dramaturgie ?

Je peux donner des indications et introduire des modifications avant même d'avoir pris une décision, c'est pour cette raison que l'acteur doit donner sans s'attacher à l'intention qui sous-tend sa proposition. Le montage se fait progressivement, j'assemble un petit geste à un autre, jusqu'au moment où une séquence me paraît juste et ainsi de suite. Par exemple, pour *Guerra*, j'avais cette phrase : "Hiroshima était couverte de fleurs" ; par ailleurs, Gustavo était arrivé un jour avec une brassée de fleurs, sans y mettre aucune signification particulière, et de son côté Elena avait apporté un disque qu'elle avait trouvé en Pologne…

Les acteurs t'apportent aussi des musiques ?

Oui, bien sûr, tout le monde participe à tous les niveaux à la recherche. Puis j'ai demandé à Bobò de faire ce que Gustavo m'avait montré avec les fleurs, j'ai mis la musique qu'Elena m'avait fait écouter quelques jours plus tôt et, à la suite de la phrase sur Hiroshima, c'était juste. C'était une toute petite séquence, mais elle était juste. En tant que metteur en scène, je suis obligé de faire un tri, de renoncer à certaines idées, sinon le montage est trop difficile à faire, il devient un processus mental. Je veille donc constamment à conserver une simplicité : il y a plus de vérité dans la simplicité. Mais la simplicité est beaucoup plus difficile à trouver dans la mesure où elle t'impose de mettre de côté ta pensée, ta réflexion. Il s'agit d'un processus d'écoute, de compréhension. C'est comme en peinture ou en musique, on part d'une couleur, d'une note et on cherche une harmonie.

Tu considères donc ton montage comme un travail de composition.

Chaque spectacle est pour moi une nouvelle expérience. Quand j'arrive dans la salle, je ne sais rien de ce qui va se passer. On court toujours le danger de croire qu'on a mis au point une méthode qu'on peut se contenter d'appliquer. Si on en arrive là, le théâtre est mort. Pour moi, l'art est une révolution, cela signifie que c'est une crise, une remise en cause permanente. Il faut être prêt à accepter de tout changer. L'art est dans le changement. Le théâtre est devenu trop souvent réactionnaire, routinier. C'est pourquoi j'ai besoin au début de mettre en place un certain chaos. Par exemple, aujourd'hui, j'ai une compagnie, des acteurs entre lesquels et avec lesquels il y a une harmonie, des habitudes de travail et, pour le prochain spectacle, je n'ai rien trouvé de mieux que d'inviter Umberto Orsini, c'est-à-dire un grand acteur qui a derrière lui cinquante ans de pratique d'un théâtre de texte. Il est venu me trouver après avoir vu *La rabbia* et *Gente di plastica*. Il avait envie de travailler avec moi. D'un certain côté, il n'y a guère de différence entre le fait d'écouter la demande d'Umberto Orsini et d'être attentif à la présence de Bobò à Aversa !

Bien sûr, je suis un peu inquiet à la perspective de la rencontre entre Umberto Orsini et Nelson, par exemple, ou Bobò qui a le même âge que lui. Mais après tout j'avais peur déjà au moment de la rencontre entre Bobò et Gustavo. Ces premières rencontres me font toujours un peu peur, mais c'est vivant et, finalement, les spectacles sont un peu faits de cela, de ces rencontres entre des êtres, entre des vies qui *a priori* n'ont rien en commun.

Au fond, la dramaturgie d'un nouveau spectacle va se fonder sur le parcours individuel de chacun des protagonistes et certaines de tes rencontres interviennent au même titre que les propositions scéniques que te font les acteurs pendant le processus de création ?

Umberto Orsini voulait que je le mette en scène dans *Arturo Ui* de Brecht. Il y a cette tradition en Italie, selon laquelle les grands acteurs demandent à un metteur en scène de monter un texte particulier. Je n'ai pas refusé d'emblée – un texte comme *Arturo Ui* pouvait être intéressant dans le cadre d'un projet sur le pouvoir –, même si, avec Brecht comme avec Shakespeare, je sentais le poids de la langue, d'un rythme qui m'était imposé de l'extérieur. Mais il y a dans le texte une analogie tellement évidente entre Arturo Ui et tant d'hommes politiques qui gouvernent le monde aujourd'hui que, vraiment, ça m'était impossible. Je ne veux pas rentrer dans ce genre d'exercice où la salle comprend, sait tout de suite de quoi on parle. C'est trop facile. Je lui ai donc proposé de participer à ma prochaine création qui n'a aucun rapport avec un quelconque texte dramatique et il a accepté. Quand des personnes comme lui ou Giovanna Marini* manifestent une telle disponibilité, il est important d'entendre, de connaître leur histoire.

Giovanna Marini va intervenir elle aussi dans ton prochain spectacle ?

Je lui ai proposé de travailler avec nous et elle m'a répondu : “Mais pour quoi faire ? Je ne sais pas faire grand-chose !” En fait, chez Giovanna

* Musicienne et ethnomusicologue italienne, Giovanna Marini a notamment composé des musiques de scène et de films. En 1975, elle a fondé l'Ecole populaire de musique du Testaccio, dans la banlieue de Rome.

Marini, c'est moins la dramaturgie musicale qui m'intéressait que son engagement politique – la liberté, le sens politique de son chant. Elle m'a fait rencontrer le groupe de Sessa Aurunca, les hommes d'une confrérie religieuse dans une toute petite ville proche de Naples, qui chantent seulement pendant la Semaine sainte. Ce sont des amateurs qui chantent magnifiquement… Et du coup – mais cela peut encore changer –, pour la prochaine création, il y aura sans doute la compagnie, Umberto Orsini, Giovanna Marini, le groupe de Sessa Aurunca… mais qu'est-ce que toutes ces personnes ont en commun ? C'est réellement difficile à comprendre. Dans la compagnie, chacun a déjà son identité. Umberto Orsini, lui, arrive avec son parcours, cinquante ans de travail avec Visconti ou avec Ronconi… et c'est un homme plein de tendresse. Chez Giovanna Marini, il y a une force, une sincérité. Comme les chanteurs de Sessa Aurunca qui pratiquent leur art depuis cinquante ans, ce sont des maîtres.

Mais, au bout du compte, je suis un peu égocentrique quand je fais un spectacle. Avec Pepe, dès *Il tempo degli assassini*, nous avons compris qu'à un moment donné quelqu'un doit prendre la direction, sinon on pourrait discuter des années avant de faire une pièce. Du coup, la seule limite que je protège, c'est celle-là.

DANSER *AVEC* LE PUBLIC

Comment concilies-tu la rigueur de tes mises en scène avec un aspect qui semble essentiel pour toi, à savoir l'écoute du public, la rencontre ou la notion de partage avec le public ?

La plupart de nos spectacles restent vivants très longtemps, parce qu'on y découvre constamment de petites choses, mais cela tient aussi à la rencontre avec le public. Il est très important d'être *avec* le public, de se placer à un moment donné de son côté, c'est-à-dire de ne pas lui imposer un personnage ou une action, mais d'arriver sans défense, avec toute sa fragilité, son incertitude et de tout donner à l'œuvre. Là, l'œuvre devient plus grande que toi. Il y a des moments où je ne sais plus rien du spectacle et je ne veux pas commencer à réfléchir parce que cela reviendrait à édifier un mur qui s'interposerait entre moi et cet acteur fondamental qu'est le public. Le théâtre doit être un lieu où l'on accepte de perdre ses certitudes. C'est en ce sens que les spectateurs qui sont le moins attachés à une certaine façon de faire du théâtre sont plus libres de regarder et plus réceptifs à des formes non conventionnelles. Les spectacles qui m'ont le plus touché dans ma vie – les pièces de Kantor ou de Pina Bausch, par exemple – sont ceux qui m'ont profondément bouleversé, qui ont bouleversé mes repères. Je n'y ai pas toujours compris grand-chose, mais ils m'ont mis en état de crise. C'est important pour moi que le théâtre ébranle la logique, les certitudes.

Mais est-ce que le public a déjà une place au moment où tu élabores le spectacle ?

Quand je fais la dramaturgie, je peux composer un texte ou élaborer une partition avec des idées ou des intentions précises. Mais je ne veux pas anticiper. Je préfère laisser les choses aller sans me donner de limites. Par exemple, dans le prologue de *Guerra*, je parle de désastres, de guerres. Pour moi, c'était un texte dramatique, un peu trop peut-être, mais quand le spectacle a été créé, j'ai constaté que des gens riaient dans la salle et j'ai compris qu'il y avait aussi du comique dans ce texte. C'est ça le théâtre, donner une parole, mais sans lui imposer un sens. C'est le public qui t'aide à comprendre, à découvrir les différentes facettes de ce que tu mets à sa disposition. Alors le spectacle rentre dans une dimension rituelle, plus profonde, et c'est comme une fleur qui s'ouvre. Mais si on commence à prévoir ou à imaginer les réactions du public, on se prive de certaines possibilités. Il faut garder un appui sur le plateau, une attention, une conscience corporelle, la maîtrise de sa partition, pour être fort et libre. Mais il faut en même temps rester très ouvert, ainsi on découvre des aspects du spectacle auxquels on n'avait pas pensés. Commence alors un cycle qui va au-delà des rires ou des pleurs, de ces réactions un peu émotives.

Pour *Il tempo degli assassini*, j'ai expérimenté toutes sortes d'interactions avec le public et, plus que toutes les autres, la pièce joue beaucoup sur ce mode de relations. Elle a un côté cabaret, avec beaucoup d'actions dans la salle, et la lumière amène aussi les spectateurs à se sentir comme des protagonistes du spectacle. La partition est toujours la même, mais en fonction du public les réactions sont très différentes. Il faut écouter ces différentes réactions. Selon que je suis devant un public de prisonniers, très expansif, ou en Allemagne où les spectateurs sont plutôt silencieux, je trouve mon mouvement. Et c'est par un mouvement qui est dans le corps, pas dans la tête, que je gagne l'attention des gens. J'essaie donc d'adapter mon rythme – par exemple plus rapide en prison pour contrebalancer l'énergie du public –, mais c'est presque un processus réflexe, ça ne procède pas d'une réflexion. C'est une "écoute", une disponibilité qui te permet d'être *avec* le public et de sentir que le public danse avec toi. Pour comprendre le sens de l'expérience, il est essentiel d'être attentif à l'énergie qui circule entre toi et le public. Et, comme en musique, la partition donne la liberté de cette écoute.

Quand je montais *Il muro*, il y avait une actrice qui devait s'asseoir sur une chaise et elle n'y arrivait pas : elle me demandait de lui dire quel était son personnage, pourquoi elle était assise sur cette chaise. Un danseur qui doit s'asseoir sur une chaise, comme Dominique Mercy dans *Bandonéon*, par exemple, n'a pas besoin de justification, c'est son corps qui travaille. De la même manière, si je crie – je crie souvent dans les spectacles –, ce n'est pas moi qui crie : je peux très bien interrompre mon cri, régler un éclairage et me remettre à crier. Je suis dans l'observation du cri, dans un travail vocal, je ne suis pas engagé affectivement, émotionnellement dans le cri. L'émotion naît du contraste, pas de l'être amoureux de sa propre douleur. Ainsi, dans la rue, je suis plus touché par un mendiant qui s'adresse à moi avec distance, que par un autre qui se tord les mains et se lamente. C'est la même chose, ça procède du même phénomène. Dans la vie, les émotions, les réactions sont toujours très contradictoires et c'est encore plus fort sur le plateau : si je rentre dans ce lieu de la psychologie, à ce moment-là mon corps est mort. C'est peut-être encore plus évident chez les danseurs.

Parce que, dans la danse, il y aurait un plus haut degré d'abstraction ?

Oui, mais en même temps j'ai quelques problèmes avec la danse totalement abstraite. J'ai besoin de raconter. Disons que je me situe à mi-chemin entre la conscience physique de la danse et le caractère narratif du théâtre. Il ne s'agit pas d'être explicatif, mais de sentir qu'une ou plusieurs histoires courent constamment. Quand Bobò arrive avec les fleurs dans *Guerra*, il ne se contente pas d'arriver avec des fleurs, il raconte une histoire. C'est pour cela que c'était étonnant en Palestine, quand nous avons rencontré Arafat : il nous a parlé de guerre, de destruction, et je ne savais pas quoi lui répondre. Mais Bobò lui a fait le même geste que lorsqu'il porte les fleurs dans le spectacle et aussitôt quelque chose a circulé entre eux. C'était comme un effet de miroir. Parfois, pour définir les signes, en comprendre le sens, il faut beaucoup de temps.

Indépendamment des thèmes ou des signes que vous avez développés, nous sommes frappées par la répétition d'une pièce à l'autre de motifs ou d'éléments comme des phrases, "Dis-moi que tu m'aimes" par exemple, ou des musiques qui n'ont pas forcément la même fonction ou la même valeur dramatique.

Si on pense à la peinture, chez Chagall, par exemple, ce serait l'homme qui vole. En peinture, c'est clair cette répétition d'éléments qui sont comme une signature, une marque de l'artiste. Je dirais que ce sont des motifs qui m'accompagnent, peut-être parce qu'ils ne sont pas clarifiés. "Dis-moi que tu m'aimes", cette phrase si simple, je ne l'ai pas encore comprise. Elle est venue dans *La rabbia*, à propos du désamour, elle est revenue dans *Il silenzio*, avec la référence au tremblement de terre, à la mort qui approche, à l'idée de l'éternité, mais aussi au besoin d'amour, au besoin d'être ensemble. Il y a un poème d'Ungaretti que je dis dans *Il silenzio* :

De ces maisons
Ne sont restés
Que quelques lambeaux de murs.
De tous ceux
Qui me correspondaient
Il ne reste pas grand-chose.
Mais dans mon cœur
Aucune croix ne manque.
C'est mon cœur
Le village le plus déchiré.

La mise en relation de la destruction d'une ville et de la destruction d'un cœur a été une révélation pour moi. C'est ainsi qu'a resurgi la phrase "Dis-moi que tu m'aimes", mais avec des connotations différentes que dans *La rabbia* où cette phrase est associée à une séquence dans laquelle deux hommes luttent. Par contre, entre mon "Il y a quelqu'un ici" de *Morire di musica* et celui que dit Nelson dans *Il silenzio*, il y a plutôt un parallèle : dans *Morire di musica*, après mon entrée et cette phrase, nous nous mettons à courir, Pepe et moi, en décrivant un cercle. Et dans *Il silenzio*, c'est une ronde qui suit la phrase de Nelson.

Mais c'est la nécessité qui m'amène à réutiliser un élément, c'est une histoire qui se poursuit. Ce sont des signes qui reviennent. D'ailleurs "Il y a quelqu'un, il y a quelqu'un ici ?" revient aussi dans *Gente di plastica*. Au début, elle n'y était pas puisqu'il y avait des fragments de Sarah Kane, mais quand ses ayants droit nous ont interdit d'utiliser son texte, j'ai pris trois jours pour écrire un texte, et cette phrase est revenue, mais en hommage à Sarah Kane ; c'est la même phrase, mais c'est encore d'une autre solitude qu'il s'agit. Il y a aussi cette musique d'Aram Khatchatourian que j'ai employée à la fois dans *Morire di musica* et dans *Guerra*. Mais l'action de Pepe sur cette musique est si différente de celle de Bobò dans *Guerra* qu'elle prend un sens très différent. Je travaille beaucoup sur la musique.

A quel moment arrive-t-elle ?

C'est variable, ça peut être dès les improvisations aussi bien qu'au montage final : parfois, la musique accompagne une scène, parfois elle contredit l'action. Mais, pour moi, la dramaturgie musicale est comme une rencontre amoureuse entre une scène et une musique. Dès lors, il devient très difficile de supprimer la musique. Pour une phrase, c'est plus facile, je me sens plus libre par rapport au texte. C'est aussi une question d'atmosphère : la musique crée un climat.

Et en ce qui concerne la danse ?

Il y a effectivement des mouvements qui reviennent d'une pièce à l'autre. Comme je l'ai dit, mon père était un descendant de Paganini. Or Paganini avait ce qu'on appelle le syndrome de Marfan, une hyperlaxité ligamentaire qu'on retrouve chez la plupart des membres de sa famille. Un chirurgien a effectivement constaté chez moi une sorte d'élasticité du poignet et cette capacité que j'ai à bouger si rapidement la tête qu'on dirait une peinture de Bacon. Ce mouvement m'appartient, encore plus que les mots "dis-moi que tu m'aimes". Je l'utilisais dans *Il tempo degli assassini* et je le reprends dans *Guerra* à la première apparition de M. Puma sur le plateau. C'est un geste qui fait partie de moi et que j'ai envie de retrouver, peut-être aussi pour le comprendre mieux.

Plus globalement, si on pense à la séquence de danse années 1960 dans *La rabbia* par exemple, quelle est la fonction narrative de la danse dans tes pièces ?

La beauté de la danse, c'est évidemment sa capacité à se passer de mots, sa capacité à dire, à raconter autrement. La séquence des années 1960 dans *La rabbia* crée une atmosphère tout en utilisant un code populaire. Dans cette séquence, aujourd'hui, les interprètes varient : il y a parfois Bobò, parfois Nelson ou Angelo Guerci, parfois Elena. Il arrive aussi que nous fassions appel à des personnes sur place et, au bout de vingt minutes, elles sont prêtes à intervenir dans cette séquence. Nous avons passé vingt jours à mettre au point cette danse avec des amateurs, mais maintenant il suffit de vingt minutes pour la transmettre. Parce qu'elle a sa propre nécessité et qu'à partir du moment où une personne en a envie, quelle que soit sa morphologie, quel que soit son rapport à la scène, elle est capable de la danser extraordinairement. Ce sont des pas très simples, sur un décompte très simple, et n'importe qui peut le faire. Le fait qu'une séquence puisse se transmettre à quiconque en a le désir et la possibilité pour chacun d'en faire quelque chose d'extraordinaire sont essentiels pour moi.

Comme tu l'as dit, tu utilises souvent le cri et tu passes, presque sans variation de registre, du cri à une voix douce, presque chuchotée. Tu peux expliquer à quoi correspond cette alternance ?

Pour moi, la voix est un instrument. Quand je crie, je ne suis pas dans le cri, j'utilise un volume élevé. Parfois, le cri provient d'une tension corporelle, d'un degré d'énergie physique. De plus, selon que je crie en regardant quelqu'un ou en regardant dans le vide, cela n'a pas la même signification. Si je ris, cela dit autre chose encore. Il y a beaucoup de façons différentes de crier et la valeur du cri dépend de l'orientation du regard, de la position de la main, de la tension du corps... J'utilise un volume faible, une voix douce, à certains moments pour instaurer un climat de confiance. Mais le volume intermédiaire me pose problème, parce qu'il y a quelque chose de factice dans le passage entre la voix parlée, "naturelle" si l'on veut, et le cri. Cela relève de l'interprétation. Pour moi, la voix intervient de façon musicale : je peux commencer très bas, monter progressivement jusqu'au cri, puis interrompre brutalement et reprendre. Et même quand j'utilise la voix parlée, je la conçois comme un chant, avec ses rythmes, ses suspens, sa couleur.

Même si le spectateur ne doit pas se laisser envahir par le sens du texte, s'il faut qu'il reste sensible aux autres éléments du spectacle – images, mouvements, rythme, énergie –, tu veux qu'il entende le texte. Or le cri provoque une émotion chez le spectateur. Autant la voix douce invite le public, le rapproche de toi, autant le cri, même s'il ne s'adresse pas directement au public, peut créer une distance.

Ce n'est pas une règle générale. Dans la musique rock, les chanteurs crient et cela ne repousse pas le public. Quand je joue *Guerra* piazza Farnese, devant deux mille cinq cents spectateurs, je dois crier. Mais cette manière d'utiliser le cri est peut-être lié à ma culture rock. Mick Jagger, Janis Joplin crient, la musique est un cri. Pour moi, un spectacle est un cri, tandis que parler relève de la convention théâtrale. La musique m'a souvent transporté, mais très rarement le théâtre : j'ai pleuré à certains concerts des Doors ou de Peter Gabriel, jamais en voyant les mises en scène de Strehler. Mon théâtre est un peu un théâtre rock, c'est un théâtre musical et je suis sensible au fait que certains spectateurs habitués au théâtre d'interprétation, au théâtre conceptuel, soient touchés par mon langage scénique. D'autant qu'il y a le cri, mais aussi la musique dont le volume est parfois à la limite du supportable : au théâtre, c'est particulier. Et le public de théâtre est rarement le même que celui des concerts. Alors, c'est vrai qu'il y a peut-être de la provocation dans le volume de la musique et dans l'utilisation du cri.

Tu penses que cette provocation qui intervient à un niveau sensitif a une portée dramatique ?

Je crois surtout que dans un spectacle sur la guerre on ne peut pas se contenter d'une "petite guerre", c'est-à-dire d'une transposition intellectuelle. Il faut aussi éprouver les marasmes de la guerre, éprouver la violence, la gêne, le sentiment d'oppression qu'elle suscite. Je sais que dans *Guerra* il y a des moments où M. Puma se retrouve presque nu sur le plateau, où moi j'arrive dans le public et où je me mets à hurler à un mètre de l'oreille d'un spectateur. Mais le spectacle est un processus dans lequel entrent aussi d'autres émotions, de la tendresse, par exemple. Quelquefois, il faut subir la gêne, éprouver la peur, participer de cette manière-là, pour pouvoir après retrouver la douceur.

Par ailleurs, le texte de tes pièces est hétérogène : Pasolini cohabite avec une vedette de la télévision comme Raffaella Carrà. A quoi correspond ce mélange entre des références triviales et ce qu'on pourrait désigner comme une "haute culture" ?

C'est important qu'un clochard inconnu comme Bernardo Quaranta, qui n'avait jamais rien publié – on a trouvé ses poèmes à sa mort, dans la valise qui ne le quittait jamais, et on les a réunis dans un petit fascicule que Lucia m'a apporté –, rencontre de grands poètes ou des chansons stupides. La parole de Nelson peut aussi rencontrer le théâtre de Brecht. Selon moi, l'art peut utiliser n'importe quel matériau : tout dépend du regard qu'on porte, du point de vue que l'on adopte, de la manière dont on lit et relie les différents éléments. Au cinéma, la manière dont une situation ordinaire peut devenir une image poétique en fonction de l'angle de vue, du cadrage, est parfaitement claire.

Cela échappe au public qui ne comprend pas l'italien, mais les paroles des chansons que tu utilises dans tes spectacles, comme celle de la séquence finale de *Guerra*, entre Gianluca et Bobò, sont aussi pleines de sens. Est-ce également pour leur texte que tu choisis ces chansons ?

Je ne le faisais pas avant. Et je ne choisis jamais une chanson pour qu'un acteur en mime le texte. Mais, dans *Guerra*, Gianluca écoute cette chanson qui parle d'un vieux et d'un enfant, et il joue avec une telle sincérité que cela produit une image

Bobò et Gianluca Ballarè dans *Guerra*.

poétique. Dans *Il silenzio*, toutes les paroles des chansons que chante Danio Manfredini ont une valeur dramaturgique. Dans *Il tempo degli assassini*, après une séquence où Pepe parle des *desaparecidos* en Argentine, il y a le *Requiem* de Mozart. Au même moment, je suis dans le public, je raconte que je perds toujours tout et je demande si personne n'a trouvé tel ou tel objet, une poupée notamment que je finis par retrouver… Autrement dit, sur cette musique sacrée et si solennelle du *Requiem*, je parle de choses très futiles. Un peu plus tard, je reviens avec la poupée et on entend Jeanne Moreau qui chante *India Song*, "Chanson, toi qui ne veux rien dire", une chanson qui parle d'amour et de mort. Là aussi, il y a une utilisation dramatique de la musique, mais qui passe par le contraste, l'opposition.

Est-ce que ce jeu de contrastes – le mixage de références, le décalage, l'ironie dans la gravité – fait partie de tes principes de composition ?

Pour moi, la composition est un parcours d'émotions, un voyage partagé avec le public. Un critique a écrit que ce que je savais le mieux faire, c'était conduire le public à travers différentes émotions. Dans ce voyage qu'est le spectacle, il faut aller dans l'émotion, mais aussi en sortir par moments, sinon on la refuse. C'est un peu le principe que j'applique en tant que metteur en scène : passer par différentes couleurs, différentes tonalités, des respirations, des ruptures. C'est un peu difficile à expliquer, c'est lié à des nécessités intérieures. En même temps, il faut conserver une distance par rapport à ce qui se passe sur le plateau, car même quand il y a de la violence ou de la tendresse sur scène, c'est toujours un jeu.

Dans la vie, le jeu d'oppositions est constant : on trouve de la sagesse dans des paroles superficielles ou très simples, et réciproquement. Le savoir est parfois un handicap pour percevoir la vérité, la sincérité, dans les propos les plus simples. C'est sûr qu'un érudit peut avoir plus de profondeur, mais la profondeur, c'est aussi le risque de perdre la simplicité au profit d'une certaine intellectualisation.

Et puis la vie est ironique, elle est bourrée de contrastes : tu peux te trouver dans des situations de grand danger où tu dois t'échapper, t'enfuir, et soudain tu te rends compte que tu as la braguette ouverte. Du comique, du ridicule peut survenir dans les situations les plus dramatiques. Il y a sans arrêt des choses comme ça dans la vie. C'est pourquoi je suis toujours surpris de certains consensus auxquels je me heurte au quotidien et qui me donnent parfois envie de faire de la provocation : le discours sur la pédophilie qui dissimule sans doute la peur de soi, le voyeurisme face à l'accident ou encore tous les commentaires qui ont entouré le 11 septembre 2001, c'est-à-dire ce goût pour la tragédie qui est un moyen de mettre la mort à distance.

Quand on est dans cette folie qu'est la dépression, on est parfois hyper lucide face à l'extérieur et on peut en venir à détester tout le monde. C'est impossible à vivre. Les relations humaines sont faites de compromis, c'est juste, c'est normal. Mais, dans l'art, sur le plateau, toutes ces contradictions, toutes ces oppositions peuvent devenir vivantes, vraies, on peut en jouer. Je fais beaucoup plus de concessions dans la vie sociale qu'au théâtre. Pour moi, le théâtre est un lieu de vérité, un lieu où on peut faire l'expérience de la vérité, et il doit montrer, cristalliser, les contradictions de la vie.

Tu défends l'idée d'un "théâtre populaire", d'un théâtre qui puisse toucher tous les publics.

Quand nous étions dans le Sud de l'Italie, avec Farfa, nous faisions des rencontres avec des vieux, avec des personnes qui parfois ne parlaient qu'en dialecte et qui ne connaissaient rien au théâtre, mais qui étaient des personnes réellement vivantes. Je suis très content que les critiques aiment mes spectacles, mais cela ne me suffit pas. Parce que pour moi, c'est très important que des gens qui ne connaissent rien au théâtre assistent à mes spectacles. Des gens comme mon oncle Pino qui n'a pas de réelle culture théâtrale, ou des gens encore plus éloignés comme Mariuccia, une amie de ma mère qui vit à la campagne et dont l'activité culturelle se limite à la télévision. Pour moi, c'est essentiel que des personnes comme elle se retrouvent dans mon théâtre, dans des spectacles dont le langage est pourtant très complexe. C'est sans doute un des aspects qui comptent le plus pour moi à l'heure actuelle. Mais il faut accepter et respecter la différence de ceux qui sont en face de soi.

Est-ce que ce respect de la différence t'a amené, dans certains contextes, à faire quelques adaptations de mise en scène ?

Quand nous avons présenté *Barboni* en Egypte, c'était intéressant, parce qu'il y avait des femmes voilées dans le public, qui étaient très choquées par la séquence dans laquelle Marina et Elena jouent deux lutteuses. Je me suis demandé quoi faire : il n'était pas question de changer le spectacle, ni de supprimer cette séquence. J'ai d'abord réagi en me disant que je détestais ce fanatisme, puis j'ai commencé à réfléchir à ce que ça représentait pour ces femmes qui ont d'autres repères culturels. Et, le lendemain, j'ai dit à Marina et Elena de mettre des costumes un peu plus couvrants et, par de tout petits gestes, j'ai un peu anticipé cette scène : je me suis mis du côté du public, j'ai essayé de partager et d'éprouver ses sentiments, comme si j'étais moi aussi scandalisé et, au moment de l'entrée des lutteuses, je me suis caché les yeux avec la main. Et cela a suffi à faire admettre la scène.

Elena Guerrini, Piero Corso et Marina Mondini dans *Barboni*.

Je ne cherche pas à être violent, à agresser le public ou à faire de la provocation, c'est important de respecter le public. C'est donc important pour moi de montrer des choses différentes, mais d'accompagner le public dans ce processus. Ma mère est un très bon exemple : dans *Il silenzio*, il y a une scène où Gustavo arrive sur une chanson de Dalida, en robe rouge moulante et fendue devant, le sexe coincé entre les jambes, et je l'éclaire avec une lampe. Ma mère a une hantise du sexe, elle nous a toujours fait nous doucher séparément ma sœur et moi, au point que j'ai longtemps cru que les femmes avaient une queue ! Quand elle est venue voir le spectacle, je me suis dit que j'allais peut-être demander à Gustavo de mettre un petit slip, et puis finalement j'ai décidé de ne rien changer. Et à la fin, ma mère n'a fait aucun commentaire là-dessus, elle a surtout parlé de la scène finale.

Dans cette scène, Gustavo – toujours lui ! – arrivait en Madone, monté sur des échasses, et j'annonçais son entrée en disant : "Et maintenant, lumières sur la Madone !" Arrivait alors la troupe des majorettes. Jusqu'au jour où Gustavo est tombé, alors j'ai dit : "La Madone est tombée, il faut aider la Madone !" Un ami m'a conseillé de garder cette phrase dans le spectacle, parce qu'en général on attend de la Madone qu'elle vous apporte de l'aide, pas l'inverse ! Et c'est resté. Après avoir vu *Il silenzio*, ma mère m'a dit : "Non Pippo, tu ne peux pas laisser ça, ce n'est pas bien que la Madone tombe !"

Voilà ce qui l'a choquée. En revanche, la "pornographie" ne l'a pas du tout gênée. D'ailleurs, elle a beaucoup aimé *La rabbia*, or dans *La rabbia* il y a beaucoup de références à l'homosexualité. Le parcours se fait des deux côtés, c'est-à-dire qu'on peut emmener un spectateur et lui faire faire un parcours. Ça ne rime à rien de repousser les spectateurs sous prétexte qu'ils sont bornés ou fanatiques. Comme le dit Brecht, le théâtre peut réellement être un lieu, une occasion de rencontre, y compris dans la violence.

UN TEMPS POUR RIRE, UN TEMPS POUR PLEURER*

Quand je suis allé à Sarajevo j'ai rencontré un garçon avec qui je suis devenu un peu ami et on s'est mis à parler un peu, dans un bar. Et il m'a dit : "J'ai vu le fer. Brûlé. Brisé. Le fer devenu vulnérable comme de la viande. J'ai vu des tas de projectiles. Des pierres. Des pierres brûlées. Des pierres explosées. Des trous de balles dans tous les murs. J'ai vu les gens qui faisaient la queue pendant des heures pour chercher de l'eau, par moins vingt degrés, dans la ligne de mire des tireurs. J'ai vu des enfants dans la rue, la tête coupée. Et toi tu n'as rien vu."

Et moi je lui ai dit : "Moi aussi, dans mon pays – et pourtant ce n'était pas la guerre –, j'ai vu l'hôpital, j'ai vu des gens malades, des taches horribles sur la peau, des cheveux, des cheveux brûlés, des plaies."

Et lui : "J'ai vu une ville entière en colère. J'ai vu les gens devenir des monstres."

Et moi : "Moi aussi j'ai vu les gens qui me regardaient comme si j'étais un monstre. Et toutes les choses se transformer en monstruosités. J'ai vu que je devenais un monstre. Que je pouvais tuer. Que je pouvais me tuer. Moi aussi j'ai eu peur, comme toi."

"Familles contre familles à Sarajevo. Frères contre frères à Sarajevo", il m'a dit.

Moi j'étais seul avec toutes mes forces. On m'a dit : "Vous êtes déjà presque mort."

* Verset de l'Ecclésiaste, cité dans *Guerra*.

"Dix mille morts à Sarajevo. Quatre-vingt mille blessés. Peuples contre peuples. Races contre races. Classes contre classes. Castes contre castes. Familles contre familles. Frères contre frères, il m'a dit, à Sarajevo."

Et moi je lui ai dit : "Je ne veux plus rien savoir de la guerre. J'ai vu une photo dans un livre. C'était Hiroshima. Elle était complètement couverte de fleurs."

Guerra

Guerra s'inspire de l'*Odyssée*. Comme Ulysse, tous les personnages se perdent dans leur tentative de s'approcher du centre de l'existence, ils se perdent dans l'amour et dans la peur : ce sont des hommes en guerre.

Note d'intention de *Guerra*

Combien de temps avez-vous travaillé sur *Guerra* ?

C'est difficile à dire. Les spectacles ne sont jamais terminés le jour de la première, à part *Barboni* peut-être. Parfois certains mouvements apparaissent au cours de stages préliminaires. Je ne sais pas très bien encore comment les inscrire dans la pièce ou ce qu'ils veulent dire, mais ils sont là. Ça se fait toujours par étapes. Je découvre au fur et à mesure le sens ou la diversité de sens de chaque geste : s'il résume une situation, s'il est juste, je le garde. Par exemple ce geste de fermer et d'ouvrir la main qui était le seul que faisait Vittorio quand il était dans le coma, je l'utilise à trois reprises dans *Il tempo degli assassini*, à des moments différents : d'abord comme un premier salut au public, plus tard pour évoquer l'ami, ensuite quand je m'adresse à ma mère, et quand la pièce est terminée, beaucoup de spectateurs me font ce signe : il n'est plus limité à mon histoire, le public peut se l'approprier. Un geste comme celui-là, qui dans sa simplicité résume tant de choses, est difficile à trouver. C'est cette simplicité que je recherche : très souvent, il faut dépouiller au maximum pour trouver de tels gestes. Quand on traverse des moments de souffrance, de douleur, on est parfois moins attaché à des réflexions ou à des considérations sur ce que pense le public, on est plus proche de son corps, de son rythme, de sa vérité intérieure.

La rabbia, *Barboni*, *Il silenzio* ont été créés dans de tels contextes. *Il silenzio* n'était pas un moment de souffrance pour moi, c'était au contraire un moment très beau, mais il y avait un lieu et le poids de son histoire. Et puis c'est un spectacle qui a été créé en un temps très court et cette rapidité m'est parfois nécessaire pour abandonner certains conditionnements et retrouver une simplicité.

Pour *Guerra*, le processus a été différent, la pièce a trouvé progressivement une simplicité au contact avec le public. C'est le public qui a donné le temps juste, le sens juste. J'annonce souvent le jour de la première que le spectacle n'est pas fini, un spectacle a besoin de temps pour mûrir, il faut attendre.

Ne pas éprouver d'obligation de résultat est presque une condition de créativité pour toi…

Le système de production qui voudrait qu'on enchaîne un spectacle après l'autre est dangereux parce qu'il ne laisse pas à la pièce que l'on vient de créer le temps de grandir et qu'il ne nous laisse pas le temps de la comprendre mieux ou de la laisser devenir plus grande que nous. Aujourd'hui encore, je résiste à ce système, j'ai besoin de temps pour lire, pour réfléchir. Certains spectacles semblent avoir été élaborés plus vite : *Barboni* par exemple, qui s'est monté en un mois, mais il s'était écoulé deux ans depuis le précédent spectacle. Pour *La rabbia* aussi, le montage a été relativement rapide, mais après un long processus. Et pour *Il silenzio*, j'étais venu un an plus tôt à Gibellina et j'y étais resté longtemps.

Je peux passer trois heures à danser la veille d'une première sans m'inquiéter de savoir si le spectacle sera terminé au moment de l'arrivée du public. Je ne veux pas entrer dans le stress de la production. C'est le système commercial qui nous pousse à terminer à date fixe, ou les critiques qui veulent à tout prix assister à la première. Je préviens toujours les critiques : le jour de la première, on peut être encore dans le processus de création. Parfois, j'ajoute un détail, un objet, et ça modifie tout l'espace. Et, si j'enlève une minute à un endroit ou à un autre, je trouve un équilibre, une harmonie qui n'existait pas encore. Parce que c'est un parcours d'émotions, comme une partition musicale, et ça peut tenir à une note, à un quart de phrase. Il est arrivé qu'on me dise que j'avais transformé un spectacle entre deux représentations : en fait, non. A quelques minutes près, c'était rigoureusement le même, mais la suppression de ces quelques minutes a radicalement bouleversé la perception d'ensemble. Et souvent j'ai besoin d'attendre, de laisser mûrir, pour comprendre comment ajuster les éléments.

Est-ce que cela signifie qu'une fois la partition écrite, au-delà de la date de la première, le laboratoire d'expérimentation qu'est la création d'un spectacle ne se referme pas encore ?

Il y a la partition, mais à l'intérieur de la partition, il y a des espaces de liberté. Après la création d'un spectacle, un peu de temps m'est nécessaire pour définir, non pas le sens, mais le juste rythme, le mouvement juste, la construction. Quand on sent que la construction est terminée, le spectacle devient plus fort. Arrive un moment où on n'a plus besoin de penser à ce qu'on doit faire, puisqu'on a intégré la partition : c'est le corps, la voix qui commandent, pas la pensée. Et il faut chercher à avoir le plus d'innocence possible.

Ceci est un texte du Bouddha : [...] Désastres et calamités se succèdent, les uns après les autres. Le soleil et la lune abandonnent leur cycle régulier, les saisons se suivent en dépit du bon sens. Deux, trois, quatre, cinq, six, sept, huit, dix soleils apparaissent à la fois, le soleil s'éclipse et perd sa lumière. Une, deux, trois, quatre, cinq couronnes apparaissent autour du soleil, d'énormes incendies ravagent la nation, les gens sont brûlés vifs, il y a des éruptions de feu du démon, de feu du dragon, de feu du ciel, de feu humain, de feu d'arbres, de feu de bandits ; d'énormes inondations balaient la population. Il y a de la pluie en hiver, de la neige en été, des coups de tonnerre et des éclairs en période hivernale, il tombe une pluie rouge, noire et verte, il pleut des montagnes de terre, de pierre, il pleut de la poussière, du sable et de l'argile, les fleuves et les torrents s'écoulent à l'envers, les montagnes sont submergées par la mer, les roches sont arrachées de l'eau. Il souffle des typhons qui balaient la terre, les montagnes et les fleuves, les arbres, les forêts. Il souffle des vents noirs, rouges, verts, des vents terrestres, des vents célestes, des vents de feu, des vents d'eau, le ciel et la terre sont frappés d'une chaleur qui rend l'air incandescent, les herbes se fanent, les céréales cessent de croître, la terre est rouge et aride, la population est livrée à la dévastation et au désordre, et partout éclatent des conflits. Toutes les choses s'effondreront au sol, branches, racines, feuilles, pétales et fruits perdront leur saveur… Jusqu'à ce qu'il ne reste plus rien en vie.

Guerra

Le thème de la guerre précédait la création de *Guerra* ou il est apparu en cours de route ?

J'ai un peu oublié la chronologie. Je crois que dans *Barboni* il y a beaucoup d'éléments de mon histoire personnelle, c'est un peu le récit d'une guerre intérieure, une guerre pour ne pas mourir, une guerre contre mes propres démons. Dans *La rabbia* déjà, il y avait cet aspect de la fragilité de la vie, du besoin d'amour, de la menace de la mort.

Avec *Guerra*, je voulais ouvrir une fenêtre sur les autres guerres, élargir le thème de la guerre intérieure, celle qui se livre à l'intérieur de soi, à celui des guerres qui se livrent entre les gens.

Nous avons présenté un premier état du travail en juin 1998, mais il n'y avait pas encore le monologue du début. Ensuite, nous sommes allés à Sarajevo jouer *Il tempo degli assassini* et là j'ai rencontré un garçon avec qui j'ai parlé. Bien sûr, l'échange que je raconte dans le prologue n'est pas la discussion que j'ai eue avec ce garçon. Comme dans *Il tempo degli assassini*, quand je décris les voyages avec Vittorio et que je raconte qu'un soir, dans une chambre, j'ai eu envie de le tuer, ce n'est pas vrai : la vérité doit passer au travers de la métaphore, sinon on tombe dans le *reality show*. A Sarajevo, j'ai donc rencontré ce garçon qui a utilisé des images pour me décrire la guerre et je me suis inspiré de ces images pour écrire ce texte. Mais surtout, à Sarajevo, je suis allé dans un cimetière où je suis resté un long moment et j'ai pris conscience à ce moment-là que j'entrais dans une nouvelle phase de ma vie : pour la première fois depuis des années, toutes ces années de maladie, j'étais touché par une douleur qui ne concernait pas ma propre mort ou ma propre vie, mais celle des autres, celle de gens que je ne connaissais pas.

Tu as énoncé une idée analogue à propos d'*Il tempo degli assassini* et de ta rencontre avec Pepe, à savoir que cette pièce t'avait permis de prendre de la distance par rapport à la mort de ton ami en te sensibilisant à la mort d'un peuple tout entier.

C'est vrai qu'il y a un parallèle. Il y a de l'égoïsme dans la douleur. Je connais des personnes séropositives qui ont développé beaucoup d'égoïsme et c'est normal : on se sent le plus malade, on éprouve un sentiment d'injustice, on commence à ressentir de la haine à l'égard des gens qu'on croise dans la rue, qu'on voit rire ou s'intéresser à des choses qui vous semblent stupides. La maladie, la souffrance peuvent susciter de l'égoïsme. Dans la création d'un spectacle, il y a aussi une part d'égoïsme, mais la création peut t'aider parce que c'est un processus de sublimation. Quand la souffrance est trop vive, on est incapable de la sublimer, de la transformer en art – du moins, moi. Mais il y a beaucoup d'œuvres artistiques qui, tout en étant très noires, correspondent à une recherche de la lumière. Il y a aussi des œuvres qui sont seulement noires, comme certaines peintures médiévales qui représentent la mort ou le pouvoir divin de vie et de mort – ce sont des peintures qui me donnent envie de fuir. En revanche, il y a des œuvres, comme celles de Van Gogh, Genet, Rimbaud ou Frida Kahlo par exemple, qui sont pleines de douleur, mais qui communiquent en même temps une extraordinaire énergie de vie. Ces deux aspects contradictoires, la douleur et la vie, cohabitent.

Après la mort de Vittorio, la douleur était si forte que je n'étais que dans la douleur, dans l'égoïsme de la douleur. Il était impensable d'en faire un spectacle. Si je l'avais fait, ç'aurait été pathétique et ça n'aurait rien apporté : tout le monde a perdu une personne chère, ta douleur n'a aucune importance ! Quand j'ai appris ma séropositivité ou quand j'étais en pleine dépression, je n'aurais pas davantage pu en faire une pièce. On ne peut envisager de créer qu'à partir du moment où on est capable de sortir de la douleur et de l'angoisse, à partir du moment où on entrevoit d'autres possibilités de vivre.

C'est important de pouvoir mettre sa douleur en relation avec d'autres, de la regarder à distance, en la mettant sur le plateau, par exemple – mais avec toutes les réserves que j'ai énoncées : ce n'est pas parce que je parle de l'ami mort que je revis sa mort sur scène ; un spectacle doit être un processus de vie. Je me rappelle qu'aux pires moments de dépression, quand je jouais *La rabbia*, j'étais complètement vivant. Après le spectacle je sombrais à nouveau, mais pendant le spectacle je pouvais rire…

En ce sens, *Il tempo degli assassini* a été fondamental pour moi parce qu'il m'a permis de me détacher de cette douleur et d'entrer dans une autre histoire, une histoire de théâtre. De cette manière ton histoire te dépasse pour devenir l'histoire de tout le monde. Il y a un film de Wenders dans lequel il est question d'un homme qui déambule dans des villes, il y a une femme aussi, le spectateur est pris dans cette errance et à la fin – mais je ne sais pas si c'est vraiment dans le film ou si je l'ai inventé –, la caméra s'éloigne des deux personnages jusqu'à ce qu'ils deviennent comme un petit point dans l'image et on comprend que l'aventure de cet homme n'est qu'une histoire parmi beaucoup d'autres : ça m'a beaucoup touché. *Barboni* se rapproche déjà de cela, c'est déjà la rencontre de plusieurs parcours individuels. Et *Guerra* va encore plus loin en ouvrant sur les autres guerres, en dépassant nos parcours personnels.

Pour le bouddhisme, la compassion consiste à descendre au niveau de la douleur de l'autre pour remonter ensemble : comprendre la douleur de l'autre est aussi la seule façon de l'aider, c'est un peu ça le théâtre. Le théâtre est une expérience de vie qui parle constamment de la mort, le théâtre est une lutte contre la mort. Nous sommes dans une culture qui occulte la mort, qui la nie. Pour moi, c'est impossible d'oublier la mort dans un spectacle. La mort est présente, mais cela ne signifie pas qu'il s'agit d'un théâtre mort. Il faut partir de la mort pour aller vers la vie. On a dit de *Gente di plastica* que c'était le plus triste de mes spectacles, mais c'est qu'il suit un mouvement inverse : il part de la vie – même si c'est une vie factice – pour aller vers la mort. *Guerra* commence avec la mort et retrouve progressivement la vie et, dans *Barboni*, ce mouvement est encore plus clair.

Mario Intruglio, Simone Goggiano, Lucia Della Ferrera
et Gustavo Giacosa dans *Guerra*, Bethléem, 2003.

Avec *Esodo*, en revanche, je me suis peut-être un peu perdu moi-même, c'est du moins la sensation que j'ai quelquefois. Si on est trop près de soi-même, on devient égoïste, mais si on perd le contact avec soi-même, avec sa propre expérience, si on se penche sur les autres douleurs en oubliant la sienne, on court le risque de devenir démagogique.

Quand j'ai décidé de commencer *Guerra* par ce dialogue entre deux personnes qui évoquent chacun leur propre guerre, tous les autres éléments de la pièce se sont mis en place. A Sarajevo, beaucoup de personnes sont mortes après la fin de la guerre. On m'a expliqué que certains avaient des cancers, par exemple, et que pendant la guerre ils luttaient pour résister ; mais quand la guerre a été finie ils ont cessé de lutter et ils sont morts. C'est curieux toutes ces contradictions. Comme je le dis dans *Barboni*, "il faut danser dans la guerre". Il ne s'agissait pas de faire une pièce démagogique, mais d'essayer de montrer ces contradictions.

Par exemple, pour la scène centrale de *Guerra*, j'ai beaucoup fait travailler les acteurs sur une musique de cinéma muet, sans bien savoir pourquoi. J'adore le cinéma muet et les acteurs avaient beaucoup de plaisir à travailler sur cette musique, mais nous étions à cinq jours de la première… Si j'avais raisonné intellectuellement, j'aurais laissé tomber, ça n'avait aucun sens de s'obstiner à travailler sur cette musique. Mais les acteurs faisaient des choses très belles, il y avait beaucoup de vie là-dedans et finalement c'est resté. La scène centrale, le climax de la pièce est né de ce jeu tranquille sur cette musique.

DE PETITS ULYSSE ÉGARÉS PARMI DE GRANDS CYCLOPES

Ce spectacle s'appelle Guerra*, mais il pourrait aussi s'appeler* Itaca, le voyage d'Ulysse.

Prologue de *Guerra*

Au moment où la compagnie travaillait sur *Guerra*, tu as monté un "parcours-spectacle" intitulé *Itaca* à Pietra Ligure. Peux-tu détailler les liens entre *Guerra* et cet événement qu'a été *Itaca* ? *Itaca* est-elle une présentation de *Guerra* à un moment où la pièce n'était pas achevée ?

Itaca est un événement unique. *Guerra* était en cours de préparation quand j'ai eu l'opportunité d'utiliser ce lieu gigantesque que sont les Chantiers navals de Pietra Ligure. Pour la première fois en vingt ans, j'avais l'occasion de renouer avec les spectacles de Farfa, ces spectacles de rue itinérants, dans lesquels le public te suit. Le style de Farfa était un peu "folklorique", mais très festif et j'aimais beaucoup le principe d'une pièce itinérante. J'ai donc imaginé un parcours avec mon propre langage.

Dans ce parcours, j'étais une sorte de guide. Je commençais par le récit d'un rêve que je faisais quand j'étais petit, un rêve que j'ai transformé pour les besoins du spectacle. L'image d'un bateau magnifique que je voyais approcher à l'horizon.

Soudain de petits hommes surgissaient sur le pont et se livraient une guerre, puis tout redevenait calme et des anges remplaçaient les guerriers.

Après ce récit, on entrait dans les Chantiers qui prenaient une dimension totalement onirique : l'intensité dramatique augmentait avec l'arrivée des figurants qui envahissaient progressivement le lieu. Puis, avec un mégaphone, je faisais ouvrir un hangar dans lequel il y avait un énorme bateau sur lequel se déroulait une fête qui se transformait en scène de guerre, un peu comme celle de *Guerra*, mais avec soixante acteurs. Je faisais alors évacuer le public vers un autre hangar de plusieurs dizaines de mètres de longueur, envahi de fumée, où se déroulait une autre scène de guerre, encore plus violente. Puis on passait dans un troisième hangar où Gianluca était assis, entouré de deux mille petits bateaux de papier – comme dans *Morire di musica*, mais à une échelle beaucoup plus importante. C'était alors une scène de réconciliation où des anges envahissaient le chantier et, à la fin, on emmenait le public au bord de la mer pour la dernière image avec Gianluca et Bobò.

En dehors des proportions gigantesques du lieu et du nombre des acteurs et figurants, un des aspects intéressants d'*Itaca*, c'est que des ouvriers qui, pour certains, travaillaient là depuis des dizaines d'années, se sont impliqués dans le spectacle et ont vu leur lieu de travail complètement transformé.

Tu avais décidé dès le départ de faire participer les ouvriers des Chantiers ?

Non, c'est spontanément que certains d'entre eux se sont proposés pour participer au spectacle. Certains se sont trouvés dans des situations un peu hallucinantes pour eux, comme d'aider Gustavo à mettre un costume féminin !

On a aussi eu un problème avec la commission de sécurité : rien n'était conforme aux normes dans ma proposition. Mais le maire voulait tellement que ce projet se réalise qu'il a pris lui-même la responsabilité de contrevenir à l'avis de la commission... et tous les membres de cette commission sont venus voir le spectacle ! Au départ, d'ailleurs, je voulais limiter à soixante personnes le public de chaque représentation – nous avons joué deux fois par jour, je crois, pendant quatre jours –, mais finalement près de trois mille personnes ont vu *Itaca*.

Il y avait donc déjà, dans *Itaca*, des fragments de *Guerra* ?

Il y avait la scène de guerre, mais transposée dans un espace immense et poussée à une très grande échelle. Il y avait aussi la séquence finale entre Bobò et Gianluca, et la présence de Nelson, un peu cinématographique.

Est-ce que cette expérience a nourri le travail de création de *Guerra* ?

Je ne crois pas, parce que le lieu était vraiment très fort, très captivant. Et, au contraire, quand je suis revenu dans la salle pour reprendre le travail sur *Guerra*, il m'a fallu me détacher, échapper au pouvoir de fascination du lieu et tâcher d'oublier l'expérience d'*Itaca*. Le contexte, le rapport au public, le rythme et la durée sont très différents selon que le public se déplace ou qu'il est assis pendant toute la durée du spectacle. Mais, après *Itaca*, j'ai fait ce voyage à Sarajevo où j'ai trouvé les derniers éléments de *Guerra*.

Itaca, Chantiers navals de Pietra Ligure,1992.

Je me souviens des nuits. Le rouge inondait le ciel.

On me disait : toute ta vie tu te souviendras de ces nuits, même quand tu auras oublié nos visages, nos noms.

Je me souviens des visages. Je me souviens des noms. Je me souviens de Tirana.

Des gens qui couraient comme des fous chercher les armes. Des boulangeries et des épiceries vides.

Je me souviens des coups de feu. Des fenêtres en flammes.

Je me souviens des mères qui protégeaient leurs enfants de leur corps.

Té ghithé ne tè vdekur tè varrosur. *Nous tous, morts ensevelis.*

Esodo

Il y a sans doute un parallèle à faire entre le couple *Itaca / Guerra* et *Her Bijit / Esodo*. En effet, *Her Bijit* a été créé pour la Biennale de Venise, en extérieurs, et *Esodo*, dont la première a eu lieu quelques mois plus tard, en reprend beaucoup d'éléments dramaturgiques. Peux-tu revenir sur la genèse d'*Her Bijit*, dont le titre est une formule de salutation kurde qui signifie "Puisses-tu vivre toujours", et dont le thème central est la situation des personnes déplacées, des exilés et des réfugiés ?

Ma première expérience, cette année-là, a consisté à rencontrer des réfugiés. J'avais été témoin, à Pietra Ligure, d'actes de violence à l'égard d'Africains et d'Arabes. Par ailleurs, le maire, ce maire qui avait tant aimé *Itaca*, avait fait voter un décret interdisant la présence de vendeurs ambulants à la gare – ce qui privait de revenus beaucoup d'entre eux. J'ai donc essayé d'entrer en contact avec des personnes de différentes origines, des Tunisiens en Sicile, des Kurdes en Calabre… et de les inviter à travailler avec nous. Mais j'ai perdu un peu de mon romantisme parce que, très rapidement, les relations se durcissaient. Et c'était normal ! J'arrivais en artiste "engagé", voulant défendre de manière un peu abstraite la cause des réfugiés et, forcément, je me heurtais à la réalité. La réalité c'est qu'ils n'avaient aucune envie de faire du théâtre, leur urgence, c'était de gagner de l'argent pour vivre. Bien sûr, à partir du moment où ils s'engageaient réellement dans le projet, ils auraient touché un salaire. Mais, moi, j'avais besoin que ces personnes aient d'abord le désir de s'engager.

J'étais sur le point de renoncer, mais par la suite, dans un foyer social en Ligurie, j'ai rencontré des personnes qui semblaient plus réceptives. Nous avons beaucoup parlé, ils m'ont raconté leurs histoires, c'était une expérience forte. Mais, là encore, ils avaient besoin de travailler et ne manifestaient pas beaucoup d'intérêt pour l'art.

Après, je suis parti à Venise où des rencontres ont été organisées avec des Roms et des réfugiés de différentes origines, Albanie, Liban, Rwanda… C'était très difficile de travailler parce que de nouvelles personnes arrivaient chaque jour tandis que d'autres disparaissaient. Puis les acteurs de la compagnie, et des élèves aussi, sont arrivés et nous avons essayé de nouer des relations plus personnelles avec les expatriés. Une sorte de complicité est alors apparue entre nous et certains d'entre eux ont commencé à montrer davantage d'intérêt pour le projet. Finalement, avec la compagnie, les réfugiés, les stagiaires, nous étions une soixantaine en tout.

Le deuxième facteur, pour cette création, c'était le lieu de la Biennale d'art contemporain dans lequel nous avions décidé de faire le spectacle*.

* Les spectacles programmés dans le cadre de la Biennale de Venise ont lieu le plus souvent dans des théâtres ou des salles de spectacles.

Un lieu si fort, si beau, si chargé avec ses monuments et ses œuvres, qu'il était difficile d'agir dessus : or, pour moi, investir un lieu, c'est le transformer, en faire un espace de rêve. En plus, je devais rouvrir le programme théâtral de la Biennale, qui avait été suspendu pendant plusieurs années. Il s'agissait donc d'une certaine responsabilité.

Nous n'avons utilisé que des espaces extérieurs à l'exposition proprement dite puisque la seule œuvre que j'ai investie était une surface, très belle, recouverte de tapis. Le reste du spectacle utilisait des zones de circulation ou des espaces annexes : bureaux, distributeurs de boissons, bateau transformé en café – des lieux qui ne sont pas vus ou auxquels on ne fait pas attention habituellement, mais c'étaient les seuls qui m'intéressaient –, et j'ai construit toute la dramaturgie à partir de ce lieu de l'Arsenal.

A l'entrée, je commençais par dire un poème kurde, très simple. Et contrairement à *Itaca* qui ouvre sur un récit enfantin, le public plongeait immédiatement dans une atmosphère de mort : la première séquence se passait dans le noir et l'on entendait une litanie de noms de victimes de guerres partout dans le monde, en Bosnie, en Argentine – lors d'un voyage en Israël, j'avais été frappé par cette salle noire au Yad Vashem*, où l'on entend les noms des victimes de la Shoah. C'était donc comme un passage dans un lieu de mort. Et *Her Bijit* se terminait au bord de la lagune de Venise.

Est-ce ce processus de passage de l'ombre vers la lumière dont tu as déjà parlé à propos de l'art ?

Il y a un caractère rituel dans *Her Bijit*, c'est comme une procession : je guidais les spectateurs qui

* Mémorial de la Déportation à Jérusalem.

marchaient en file, les uns derrière les autres, et je leur demandais de garder le silence. La première personne qu'ils rencontraient était Nelson, près d'un distributeur de Coca-Cola.

NELSON. *Et voilà, je me souviens quand j'étais dans le Sud de la Floride. Très exactement à Fort Lauderdale, Hollywood, Denia, Davie, à la frontière entre Brower County et Dade County. Je vendais des journaux dans la rue. Précisément sur l'autoroute 595 et sur la nationale 84,* state road 84 and highway 595. *J'ai connu beaucoup de gens que je n'oublierai jamais. De toute façon, à cause de tous ces maudits bâtards, beaucoup de choses se sont passées qu'on aurait pu prévoir. Tout ça se passait à l'époque de l'ouragan Andrew. Je me souviens de tous ces gens que je n'oublierai jamais.*
PIPPO. *Des noms. Des noms.*
NELSON. *Bagdad, Mogadiscio, Somalie ! Maudites guerres !*

Esodo

Après, on passait par des couloirs, des lieux clos, étouffants, à l'intérieur du bâtiment des bureaux de la Biennale. Puis, on débouchait dans une cour où Eda, une femme albanaise, parlait de l'exil, puis c'était une scène de torture. Je commençais à courir en parlant dans un mégaphone… je disais un texte de Bouddha, terrible, après quoi le spectacle commençait à s'ouvrir sur un peu d'espoir. Je lisais un extrait du journal d'Etty Hillesum, au bord de la mer, puis Gianluca invitait le public à s'asseoir devant un grand bateau très éclairé où, sur une musique cubaine, Gustavo en vedette de music-hall, avec plumes, paillettes et talons hauts, dansait entouré de ses boys. Après quoi, dans un autre lieu, il y avait une séquence pleine de vie avec des enfants roms – des garçons qui jouaient avec un ballon et des fusils, et des filles qui dansaient une ronde.

Le public était alors guidé au bord d'un bassin où se reflétaient les lumières et où flottaient des tapis de couleur. Là, une danseuse rwandaise, contrainte de faire des ménages pour survivre en Italie, dansait en costume traditionnel. Puis un Africain en manteau de cérémonie chantait une prière sacrée de son peuple. Enfin, dans un autre lieu encore, Bobò recouvrait avec un manteau le corps très maigre de Nelson.

Au fond, *Her Bijit* est très simple : je prends le public par la main et je l'emmène dans différents lieux. C'est un voyage qui passe par différents états, différentes émotions, jusqu'à la lumière, jusqu'à un moment de réconciliation. La dramaturgie est simple, mais la magie du lieu vous emporte et vous fait voyager. C'est un spectacle violent, mais onirique.

C'est un spectacle très chargé, tout de même. Il parle de l'exil, de la faim, de la lutte pour la survie.

Pour moi, la grande expérience d'*Her Bijit*, c'était de faire entrer directement le public *dans* la représentation. Les spectateurs marchaient les uns derrière les autres, ils étaient environnés par les actions, comme dans un film – il y a une séquence, par exemple, où des femmes voilées, en costumes très colorés, viennent à leur rencontre, puis tombent à leurs pieds.
A la fin, je leur disais qu'un bateau les attendait et ils repartaient en vaporetto. Ce qui était important dans ce spectacle, c'était de "faire danser le public".

Tu dois danser, danser, danser dans la guerre, danser dans la guerre !

Barboni

Pepe Robledo, Lucia Della Ferrera et Simone Goggiano dans *Esodo*, 2000.

Esodo est né du désir de réutiliser des éléments de l'expérience d'*Her Bijit* ?

Avant même de réaliser *Her Bijit*, j'avais le projet d'en faire un spectacle qui serait présenté dans un cadre plus traditionnel, mais, comme pour *Itaca*, j'ai dû opérer une rupture, oublier *Her Bijit*, ce parcours dans le lieu magique de l'Arsenal de Venise, pour pouvoir monter *Esodo*. Il y a le même matériel, mais la dramaturgie répond à une tout autre logique : ainsi, *Esodo* commence par la fin d'*Her Bijit*, c'est-à-dire par la danse que faisait Gustavo sur le bateau. Le processus est complètement inversé. *Her Bijit* commence dans un monde de douleur dont on sort progressivement. Dans *Esodo*, la destruction est suggérée par la scénographie, mais il y a des couleurs, de la gaieté, des images de touristes, de la danse et après seulement survient la douleur. J'ai aussi ajouté de nouveaux éléments, de nouvelles histoires liées à des rencontres que j'ai faites plus tard, avec Fadel Abeid en particulier.

Comment l'as-tu rencontré ?

Après *Her Bijit*, j'ai continué à rencontrer des réfugiés, notamment à Modène. Pour *Her Bijit*, j'avais rencontré des dizaines de personnes et, parmi elles, j'en ai gardé deux dans la compagnie, Eda Cekani, l'Albanaise, et Mohamad Hussein Moussa, un étudiant en architecture libanais, qui ont manifesté une vraie nécessité de faire du théâtre. A Modène aussi j'ai rencontré beaucoup de gens dont Fadel, un jeune étudiant sarahoui qui a lui aussi manifesté un désir profond de participer à une expérience théâtrale. En même temps, il a commencé par dire qu'il ne savait rien faire. J'ai dit : "Pas de problème", je lui ai demandé de me parler de son histoire, de son village, de ses traditions… et il m'a montré des danses extraordinaires. Il est entré dans la compagnie pour *Esodo* et il a aussi participé à *Il silenzio*. Eda joue également dans *Il silenzio* et dans *Gente di plastica*.

Dans *Esodo*, il y a une grande particularité, c'est le dispositif, ce décor très lourd.

C'est la première fois que, dans un de mes spectacles, il y a un décor aussi important. A vrai dire, dans les autres, il n'y a aucun décor. Mais *Esodo* est une grosse production et, comme j'étais en contact avec un scénographe, j'ai eu envie de tenter l'expérience : chaque spectacle est une recherche, avec ses contraintes propres et ses solutions. J'avais une idée, le scénographe m'a fait une contre-proposition qui ne me déplaisait pas… Mais tout n'est pas résolu et ce décor reste un peu problématique pour moi. J'ai d'ailleurs une relation un peu "schizophrénique" avec cette pièce : à certains moments je l'aime, à d'autres je la déteste. Je me suis rendu compte que le décor, l'éclairage séduisaient le public traditionnel, mais l'une de mes difficultés avec ce dispositif, c'est que pour la première fois je ne suis pas sur le plateau parce que je suis incapable de marcher sur des pierres qui ne sont pas des pierres ! Tous les autres spectacles utilisent des objets, des accessoires qui sont vrais… C'est donc le seul spectacle dans lequel je ne suis pas sur scène, je reste constamment dans le public. En raison de son dispositif qui impose une distance scène/salle, *Esodo* est un grand spectacle, très efficace sur le plan visuel, qui se prête aux théâtres à l'italienne… Et c'est sans doute celui de mes spectacles qui convient le mieux aux habitués de ces théâtres ! C'est peut-être l'un des intérêts d'*Esodo* : il nous donne accès à ce genre de publics et à ce genre de lieux où *Barboni* serait irrecevable. A Moscou, par exemple, au Théâtre d'Art, le grand théâtre de Stanislavski, *Esodo* a sa place.

De plus, ce qui m'intéresse beaucoup ici, c'est ma fausse position de spectateur – autrement dit une relation au public qui est très différente de celle que j'ai dans les autres pièces. Dans *Esodo*, il y a deux espaces scéniques, la scène et la salle qui fonctionnent presque séparément. C'est une expérience complètement différente, complètement nouvelle pour moi puisque je suis en quelque sorte coupé de la scène et concentré sur l'écoute du public, ses réactions, ses respirations. La force d'*Her Bijit* provenait du fait que le public était physiquement investi dans le déroulement du spectacle. Mais dans *Esodo* j'ai gardé la fonction du guide qui "prend le public par la main" et l'accompagne tout au long du spectacle.

Tu as dit que le point de départ d'*Her Bijit* avait été l'expérience de ta confrontation directe avec la situation des étrangers et ton désir de défendre leur cause. Mais qu'est-ce que tu as voulu montrer dans *Esodo* ?

Je crois que j'ai voulu montrer de la beauté. Il y a beaucoup de choses dans *Esodo*, pas seulement les conditions dans lesquelles vivent les expatriés, mais aussi leur différence, tout ce que leur situation suppose de perte, d'abandon... C'est un spectacle un peu religieux, je crois, qui se termine sur le sourire de Gianluca et sur un geste de compassion entre Bobò et Nelson, deux personnes totalement abandonnées dans la vie. J'ai voulu montrer, je ne sais pas, la sensualité, la beauté. La beauté de Fadel, par exemple.

Dans ce décor de ruines, il y a d'abord les récits de Fadel et d'Eda qui véhiculent des images de guerre, de destruction, de mort, au Sahara ou en

Albanie. Puis arrive Dolly pour une séquence de fiction, purement théâtrale. J'interviens alors avec une citation de Bertolt Brecht pleine de simplicité :

O malheureux, ils torturent l'un des nos frères, mais nous fermons les yeux. Il rougit de douleur, mais nous restons silencieux. Le bourreau regarde ailleurs en cherchant sa prochaine victime, mais nous nous disons : ils ne nous feront rien puisque nous ne bougeons pas.

Il montre deux états contradictoires, la culpabilité et l'absence de culpabilité : quelqu'un meurt, c'est vrai, mais il ne se passe rien, il ne nous arrive rien, puisque nous sommes loin. Puis commence cette fête avec Gustavo qui danse, avec toutes ces paillettes, et, tout à coup, on a vu une chose et une autre survient, complètement différente. C'est une pièce difficile à raconter, pleine de violence et de témoignages de souffrances, mais aussi de beauté, je crois.

Ceci est un fragment du journal d'Etty Hillesum, morte à Auschwitz. "C'est la guerre. Il y a des camps de concentration. De petites cruautés s'ajoutent à d'autres cruautés. Et tout cela se passe à deux pas de chez nous. Nous sommes si inquiets pour nos vies en danger que ce qui arrive aux autres ne compte plus pour nous. Aux dernières nouvelles, tous les juifs seront déportés et depuis avril de l'année dernière sept cent mille personnes ont été tuées. Si nous survivons, ce seront autant de blessures que nous devrons porter en nous pour le restant de nos jours. Et pourtant, je n'arrive pas à trouver la vie absurde. J'ai déjà subi mille morts dans mille camps de concentration. Les roses se sont ouvertes. Beaucoup me disent : mais comment peux-tu encore songer à des fleurs ? Mon exil a pris fin au camp de concentration. Ces deux mois derrière les fils barbelés ont été les plus riches et les plus intenses de ma vie. Comment se peut-il que ce petit bout de lande encerclé par les barbelés, où j'ai vu tant de souffrance humaine, soit devenu pour moi un souvenir si doux ?"

Esodo
(d'après Etty Hillesum)

JE VOUDRAIS VOUS RACONTER UNE HISTOIRE…

C'est dans *Il muro* que, pour la première fois, tu adoptes le rôle de metteur en scène sur le plateau, position très ambiguë, que tu développeras par la suite, où tu interviens à la fois comme metteur en scène et comme acteur, à la fois au bord de l'action et sur le plateau. On pourrait revenir sur cette ambiguïté qui entoure ta position dans le spectacle – une position qui pourrait rappeller celle de Tadeusz Kantor.

J'ai vu *Wielopole, Wielopole* et ce qui m'a frappé c'est la manière dont j'ai été pris dans l'histoire de Kantor, une histoire qui m'était pourtant totalement étrangère. Sur le plateau, on sentait qu'il était là avec son corps, mais avec sa tête aussi. Chez moi le processus est différent parce que j'interviens sur le plateau en tant qu'acteur.

Même si tu te places ainsi au même niveau que les autres acteurs, le public sait bien que tu es Pippo Delbono, le créateur, le metteur en scène. De la même manière, même s'il s'agit de ne pas souscrire à la convention qui veut qu'on sépare le temps de la vie du temps du théâtre, tu commences tes pièces en disant "bonsoir", autrement dit tu recrées cette convention sur un mode différent en accueillant le public, ce qui est une autre manière d'assurer la transition. C'est un peu comme si tu entraînais tout le public dans ton histoire. Et, du même coup, tu mets tout de suite en place cette fiction ou cette autofiction, car qui parle ? Est-ce un personnage ou Pippo Delbono ? C'est un motif récurrent chez toi.

Pour moi, ce n'est ni une méthode ni un procédé, c'est plutôt comme un dessin. Au début, il y a des paroles, mais c'est comme si je commençais une peinture et que je posais les premières touches de couleur. Après, les spectateurs entrent dans le spectacle et y retrouvent leur propre histoire… C'est pourquoi il y a un moment où il faut suspendre la parole. Avec la parole, il y a une énergie masculine et avec les gestes tu laisses la place à une énergie féminine qui amène le public à te regarder puis à se regarder lui-même.

Quand un spectacle commence, tu peux faire en sorte que tout le monde écoute et, là, il est important de prendre les spectateurs par la main. Il n'y a aucun effet, je dis simplement bonsoir et ça instaure une vérité, une attention aussi. C'est peut-être aussi une manière de fermer le cercle, de réunir le public et les acteurs dans un espace où va se dérouler un jeu, une aventure que nous allons vivre ensemble. C'est un premier pas. Il y a un auteur chinois qui dit : "Un voyage de mille lieues commence toujours par un pas."

Si l'on file la métaphore, est-ce qu'on peut dire que ce voyage dont tu fais le premier pas en prenant le public par la main va être accompli par tout le monde ?

Oui, j'entraîne le public dans ce parcours. Il y a aussi des situations un peu différentes. Dans *Gente di plastica*, quand je dis bonsoir je suis déjà dans la cabine, dans le rôle de l'animateur radio.

J'ai d'ailleurs eu un peu de difficultés à régler le début de cette pièce, mais, si l'on veut, *Gente di plastica* commence d'emblée dans le factice, dans l'apparence de vérité.

Mais tu dis tout de même bonsoir, on retrouve ce rituel d'introduction.

Oui, mais il y a plus de distance. Dans *Esodo*, j'arrive bien après le début du spectacle et j'interromps la fiction, mais je dis bonsoir pour souligner le fait que nous sommes ensemble, que nous allons faire un parcours d'émotions. Evidemment, c'est une convention, comme dans une conférence. Mais il y a ce côté conférence dans tous les spectacles.

C'est une convention, là aussi cela relève de la fiction, mais le doute subsiste chez le spectateur même à l'extérieur de l'espace du spectacle. Il y a des spectateurs qui croient réellement que tu as toi-même été interné à Aversa et que c'est dans ces conditions que tu as rencontré Bobò.

Ça répond peut-être chez eux au besoin de créer un folklore.

Peut-être, mais cela ne correspond pas simplement à une volonté de manipuler la réalité. Cela vient aussi de ton écriture scénique, de cette manière que tu as de laisser le doute planer quant à la frontière entre réalité et fiction.

Quand j'entre en scène, c'est déjà du théâtre. Quand, dans *Esodo*, j'entre après le début du spectacle et que je traverse la salle, c'est du théâtre, c'est une danse. Dans *Il tempo degli assassini*, quand je dis "moi aussi j'avais un ami", c'est du théâtre.

Mais ce vrai/faux, cette indétermination, même si tu ne l'as pas élaborée de manière intellectuelle, n'en est pas moins une des marques de ton langage. Est-ce une façon, là encore, de rompre la frontière entre l'espace théâtral et l'espace quotidien, c'est-à-dire d'indiquer au public que le théâtre, et l'art en général, est une dimension de la vie ? Qu'il y a constamment une circulation de l'un à l'autre et que la vérité de la vie traverse le théâtre ?

Moi, j'ai beaucoup de problèmes au théâtre quand j'arrive, que je m'assieds et qu'après un noir un personnage arrive aussitôt et m'impose une fiction. Quand Umberto Orsini me parle de son amour pour Shakespeare, qu'il me raconte son travail sur le roi Lear ou sur les personnages de Pinter ou de Tchekhov qu'il a interprétés, je commence à le regarder, à regarder son visage, ses mains, et ça m'intéresse bien davantage. J'ai besoin d'une vérité au théâtre, mais pas celle que transmet la télévision, pas celle des documentaires. La vérité est plus profonde que le naturalisme ou la réalité des faits. Il y a une vérité dans la peinture, il y a une vérité dans les autoportraits de Frida Kahlo, mais en même temps il y a un art. Il y a une vérité dans les films de Pasolini ou dans les chansons de Jim Morrison.

Quand on se met soi-même directement en jeu, ça gêne. Dans la vie sociale, on passe son temps à se masquer, les politiciens portent des masques, c'est plus confortable et parfois le public aussi préfère ça. Mais, pour moi, le théâtre est un lieu où il faut avoir le courage de lever le masque. C'est vrai que c'est perturbant, qu'il y a une part de provocation là-dedans. Lorsque j'entre en scène avec un grand chapeau rouge comme dans *Gente di plastica*, les gens sont plus tranquilles que dans *Guerra*, quand j'arrive en disant :

Bonsoir. Ce costume est un Pierre Cardin original qu'un ami m'a offert, un ancien camarade de classe qui est maintenant directeur général d'une grande entreprise, il a donc choisi un métier beaucoup plus lucratif que le mien, et comme il prend l'avion toutes les semaines, il change souvent de costume, alors parfois il m'en offre quelques-uns à moi aussi…

Les chaussures sont des Lacoste, originales…

Mais, évidemment, les réactions sont différentes selon qu'on est en Italie, en France, en Afrique ou en Amérique latine. A Avignon, certains spectateurs étaient très touchés et d'autres très en colère. Je comprends pourquoi : c'est que je transgresse certaines conventions. Dans des lieux où les gens sont directement confrontés à la guerre, leurs réactions sont différentes. Et entre un public intellectuel et un public populaire, il y a aussi des écarts. Au Pérou, en Argentine ou au Brésil, les gens ont une autre relation avec la vérité et avec le théâtre.

Certains spectateurs sont choqués, non pas de cette absence de masque, mais parce qu'ils perçoivent la présence sur le plateau de Bobò ou Gianluca comme une instrumentalisation.

Moi, quand je regarde Bobò – pas dans la vie, parce que au quotidien c'est difficile –, je vois de la beauté, de la sensualité, de l'érotisme. Pour Gianluca, c'est la même chose, il me redonne un sens de la beauté. Je ne pense pas au malheur quand je les regarde. Mais c'est un chemin que j'ai fait. Je n'ai pas découvert cette beauté le premier jour où j'ai vu Bobò, je me souviens que j'étais surtout gêné par l'odeur de ses pieds et c'est normal ! Nous, qui faisons du théâtre, nous avons commencé comme des saltimbanques et nous sommes devenus des bourgeois. C'est fini le temps des baladins ou des bouffons. Les gens de théâtre sont tous plus ou moins des bourgeois…

Pour découvrir la beauté chez Nelson ou Bobò, j'ai dû faire un processus. Mais j'ai décidé, j'ai cherché cette beauté-là. Et dans les spectacles, je cherche à la communiquer. Si le public dans son entier percevait de l'agressivité dans mes pièces, je me poserais des questions : je me demanderais si la compagnie n'est pas devenue folle à trouver de la beauté dans l'anormalité.

J'ai une très bonne amie psychiatre qui a mis des années à accepter la présence de Bobò : elle ne pouvait pas s'empêcher de le voir comme un cas pathologique. C'est seulement quand elle a vu *Il silenzio* qu'elle a admis que Bobò était un grand acteur. Certaines personnes, c'est vrai, sont incapables de voir la beauté chez Bobò ou Gianluca, ils ne voient que le handicap ; je trouve que c'est une limite culturelle. Gianluca termine *Esodo* par un sourire. Je ne peux pas imaginer une autre fin que celle-ci, le sourire de Gianluca, la beauté de ce sourire. Et je ne vois pas quel autre acteur pourrait sourire comme il le fait. C'est vrai que Gianluca a des difficultés à parler ; alors s'il faut parler, il vaut mieux que ce soit moi, Pepe, Gustavo ou Lucia. Chacun a sa propre façon de trouver de la beauté. C'est vrai que si Bobò chante l'*Ave Maria*, il devient un handicapé. Mais je crois que si je devais avancer avec des fleurs comme il le fait dans *Guerra* je serais moi aussi handicapé.

L'indétermination que tu maintiens entre la fiction et la réalité répond-elle à ta volonté d'effacer les frontières entre l'art et la vie ?

La vie te commande sans arrêt. On passe d'une situation, d'un état émotionnel à l'autre, on est en quelque sorte gouverné, victime de la vie. Sur scène, au contraire, on est maître de ce qui nous arrive. C'est comme dans mon film *Guerra*, tous les éléments sont vrais, mais le film est une œuvre poétique qui n'a rien à voir avec la réalité de notre voyage en Palestine. Comme dans un collage cubiste dont tous les éléments sont empruntés à la réalité, mais dont la construction n'a aucun rapport avec la réalité. Si une caméra te filme vingt heures d'affilée, c'est la vie. Mais si tu prends des fragments de ces vingt heures de film et que tu en bouleverses la logique, tu fais une œuvre qui t'appartient, mais dont le degré de fiction est plus grand encore que dans le théâtre de Tchekhov, par exemple. Par contre, si je prends un texte dramatique et que je cherche à l'interpréter comme on le fait bien souvent au théâtre, je m'éloigne beaucoup plus de la vie, paradoxalement, que dans une démarche comme la mienne qui consiste à emprunter des éléments à la vie, mais en bouleversant les rythmes, la logique, et en entrant ainsi dans la dimension de la métaphore. Je préfère partir du réel et lui faire accéder à la dimension du rêve.

Dans ce rôle du metteur en scène, c'est toi qui assumes l'essentiel du texte du spectacle et, ce texte, en général, tu le lis.

Ce ne sont pas des règles absolues. Dans certains spectacles comme *Il muro*, *Enrico V*, *Barboni* ou

Esodo, cela ne fonctionne pas tout à fait ainsi. Par exemple dans *Barboni*, je parle jusqu'à un certain point et je m'arrête ; ce sont alors les autres qui parlent. Ce n'est pas un principe. Dans *La rabbia* ou *Il silenzio*, je parle, mais Pepe aussi dit des textes. Mais c'est vrai que dans *Gente di plastica* et *Guerra*, je suis le seul à prendre la parole. C'est lié au fait que le texte arrive souvent plus tard dans la construction du spectacle et au fait que, pour moi, chaque élément a son indépendance. Ce qui signifie aussi que dans le processus de création chaque élément est travaillé séparément : quand on travaille sur le corps, on travaille sur le corps, quand on travaille sur la voix, on travaille sur la voix. Chaque élément fait l'objet d'un temps ou d'une phase de travail autonome.

De plus, sur le plateau, je cherche des relations extra-ordinaires, c'est-à-dire différentes des relations qui s'établissent dans la vie : c'est pourquoi il n'y a pas de dialogue dans mes pièces. Pour décrire une relation entre deux personnes, je préfère mettre en scène une action physique, quitte à y ajouter une parole dite par moi… En tout cas, j'éprouve constamment le besoin de détruire la réalité. C'est sans doute la première raison pour laquelle je prends la parole. Je prends en charge la parole qui se rapporte à la situation, mais, avec la voix, je peux introduire toute une série de nuances. Par exemple, si deux hommes luttent et que l'un dit à l'autre "Dis-moi que tu m'aimes", il y a une évidence et c'est cette évidence que je déteste au théâtre, la redondance entre le texte et l'action.

Pour moi, le texte et l'action doivent être dissociés l'un de l'autre, ils doivent se trouver dans deux lieux différents. Dans *Il tempo degli assassini*, nous sommes constamment ensemble, moi et Pepe, mais jamais nous ne dialoguons. Nous nous adressons l'un à l'autre, mais indirectement, c'est-à-dire non pas par les mots, mais par l'énergie, dans l'action. Le naturalisme tue la relation avec le public. Chaque élément, dans un spectacle, est comme une note et chaque acteur est un instrument, comme dans une partition musicale : il y a le sax, le piano, la guitare, la batterie, chacun est seul, mais avec les autres. Chacun a son parcours… et l'écoute se situe à un niveau plus profond. Je n'aime pas non plus que les musiciens s'attendent ou se regardent avec complaisance, parce que alors on tombe dans la psychologie. Chacun doit suivre sa propre partition, sans aller dans la partition de l'autre, mais jouer ensemble et, de cette manière, chacun dans sa différence, dans sa solitude, contribue à l'harmonie générale. Ainsi, à certains moments, mon rôle, ma partition, c'est la voix. Je cherche de quel instrument jouer et parfois c'est le corps, parfois c'est la voix. C'est vrai qu'utiliser la voix, pour moi, est souvent plus facile. Mais je n'exclus pas la possibilité d'un spectacle où tous les autres acteurs parleraient, joueraient de la voix tandis que ma partition serait uniquement gestuelle.

En fait, à mes débuts, j'avais une bonne mémoire de la voix, du texte, et j'avais beaucoup de mal à mémoriser les gestes. Maintenant, j'arrive mieux à mémoriser les mouvements que le texte. C'est aussi pourquoi je lis. Le fait de lire est d'abord venu de ce que le texte arrivait tard dans le montage du spectacle : je n'avais pas le temps de l'apprendre. Mais je me suis aperçu par la suite que lire introduisait une distance entre le texte et moi. Si je crie un texte sans l'avoir sous les yeux, c'est un peu comme s'il s'agissait de mon histoire, de ma parole, tandis que, si je le lis, je manifeste que le cri est un choix de mise en scène.

La lecture est un processus de distanciation ?

Il y a une différence énorme entre le fait de crier "j'ai peur" et de crier les mêmes mots en les lisant. Quand, dans la rue, une personne crie pour te demander de l'argent, tu as tout de suite envie de le repousser. En revanche, il y a déjà une différence si les mêmes mots sont criés par un chanteur, parce que tu sais que ce sont les paroles d'une chanson, que le chanteur ne s'identifie pas à ce qu'il crie. Quand un acteur crie sur scène, il incarne, il te signifie qu'il est ce qu'il crie. Mais en général, quand je crie, je lis : c'est tout à fait différent du fait de crier sans avoir le texte sous les yeux.

Tu penses que le fait de lire sur scène, cette distance que tu introduis entre toi et le texte, permet au texte ou au cri de toucher davantage le public ?

C'est une manière de dire que je ne suis pas là pour hurler mon propre désespoir. Je lis et le fait de crier ce désespoir est une décision de mise en scène. A partir de là, le public pourra être sensible à mon désespoir, mais c'est un processus inverse, indirect.

Dans *La rabbia*, par exemple, tu lis des textes personnels qui se rapportent à tes souvenirs d'enfance…

Dans *La rabbia*, il y a des textes que je lis, d'autres non. Ainsi, je lis les passages inspirés de Rimbaud, mais pas le petit poème de mon enfance ni le texte de Pasolini : "Si on ne crie pas «vive la liberté» avec amour, on ne crie pas «vive la liberté»." Mais ces textes surviennent juste après des temps de lecture : je laisse de côté le papier, mais je reste dans une attitude de lecture. C'est donc comme une note, comme une tonalité qui se poursuit – comme si j'avais pris l'énergie du cri dans le texte écrit.

ET SOUDAIN… RIEN

1968, dimanche 14 janvier. La nouvelle d'un terrible événement survenu treize heures plus tôt, met sur le devant de la scène les noms de villages et de localités oubliés par le temps, et vient troubler le calme de ce jour férié.

13 h 28. Un mouvement sismique provoque la curiosité des Palermitains assis à cette heure-là devant leur déjeuner dominical.

Pour la population des communes concernées, c'est le début d'une nuit de peur. Les dégâts, dans les lieux habités, sont certains. Et l'anxiété, l'effroi lié à cette force obscure, inexplicablement violente, qui se dégage des entrailles de la terre, ne fait qu'augmenter

15 janvier, lundi. 2 h 33. A Palerme, Trapani et dans les autres localités du Centre-Ouest de la Sicile, c'est la panique. La population abandonne les maisons, cherche à se sauver dans les rues, envahit les places. Les gens affluent dans les espaces découverts.

3 h 01. A environ quarante kilomètres de profondeur, sous la vallée du Belice, une faille assoupie depuis la nuit des temps se rouvre, provoquant des ondes sismiques de neuf degrés sur l'échelle Mercalli.

Les lumières s'éteignent, les lignes téléphoniques sautent. Fracas assourdissant du tremblement de terre et des maisons du centre-ville qui s'écroulent en quelque douze secondes, suivant un puissant mouvement ondulatoire est-ouest.

Après : le silence. Interrompu par les cris désespérés des survivants tâtonnant dans le noir à travers la poussière suffocante soulevée par l'effondrement, et se déplaçant avec difficulté au milieu des décombres.

Aux premières lueurs de l'aube, la catastrophe se révèle dans toute son ampleur.

Les secours sont en retard, les nouvelles confuses, les villages isolés, difficilement accessibles.

La ville de Gibellina est pulvérisée.

25 janvier, 10 h 52. Réplique inattendue, de cinquante-deux secondes. Des zones touchées, l'émigration se poursuit. Un exode forcé, désespéré, avec une nostalgie profonde pour une terre aimée et pourtant maudite ; une terre capable de bercer ses fils et en même temps de les anéantir en un instant dans sa furie destructrice.

Il silenzio

Il silenzio est fondé sur une mémoire liée au tremblement de terre qui, en 1968, a dévasté la vieille ville de Gibellina en Sicile. Il ne s'agit pas tant de raconter un fait historique que de s'arrêter sur un instant – éternel – qui recèle le silence de la mort et le silence de la vie. Là, dans ce lieu, ressurgit un monde d'enfance et de vieillesse. Le silence des vieux et le silence des nouveau-nés. La naissance, la mort et le retour à la vie.

Note d'intention d'*Il silenzio*

Tu as été invité à créer un spectacle pour l'édition 2000 des Orestiades de Gibellina. Tel fut le point de départ d'*Il silenzio*.

J'ai commencé par aller à Gibellina, voir *Il Cretto*, qu'a réalisé un célèbre artiste italien, Alberto Burri. Il a recouvert d'une couche de ciment les ruines des maisons de cette petite ville sicilienne de mille à deux mille habitants, qui a été détruite par un tremblement de terre en 1968. *Il Cretto* est une œuvre très impressionnante parce qu'on peut circuler à l'intérieur et on retrouve le tracé de toutes les rues de la vieille ville. Certains habitants de Gibellina peuvent ainsi te montrer où était la maison du boucher, celle du boulanger… Il y a aussi un emplacement d'où l'on peut voir l'ensemble de la ville, recouverte de ciment.

C'est là qu'ont lieu les Orestiades ?

Non, le festival se déroule dans différents lieux. Gibellina était l'un des plus grands festivals en Italie, des artistes comme Bob Wilson ou Ariane Mnouchkine y sont passés. Mais il a rencontré beaucoup de difficultés économiques. Quand on m'a invité, cette crise était déjà amorcée. Comme d'habitude, je ne savais pas du tout ce que j'allais faire, je me suis donc promené dans la ville. Je suis resté là, à regarder simplement, sans penser à ce que je devais faire. C'est un lieu dans la montagne, plein de violence. J'ai donc simplement attendu jusqu'à ce que le lieu devienne un ami, jusqu'à ce que quelque chose arrive. Et ce qui est arrivé, comme une évidence, comme l'idée la plus juste, la seule possible, c'était de faire une pièce sur le tremblement de terre. C'était la première fois, je crois, qu'en vingt ans de festival il y aurait une pièce sur l'origine même de ce lieu. Quand le thème du spectacle a été trouvé, je n'ai pas voulu rester trop fixé dessus. J'ai commencé à travailler avec la compagnie à Pietra Ligure. Puis nous sommes partis à Gibellina et une quinzaine de stagiaires et de bénévoles – qui ne sont pas tous restés – nous ont accompagnés.

Tu as procédé comme à ton habitude…

C'est difficile s'agissant de mon travail de parler d'habitude. Chaque spectacle appelle son propre processus de travail. Dans *Il silenzio*, il y a eu très peu d'improvisations. Je ne suis même pas sûr d'avoir annoncé aux acteurs que mon idée de départ était le tremblement de terre. J'avais des images, des idées. Par ailleurs, comme le temps de réalisation était très court, je ne pouvais pas trop laisser les acteurs chercher, il fallait aller vite. C'est donc une création dans laquelle quatre-vingts pour cent des éléments viennent de propositions que j'ai faites. Mais les acteurs avaient la possibilité d'investir à leur manière le rôle ou la situation que je leur indiquais. Il est important que chaque acteur fasse un parcours, mais ce parcours peut fort bien s'établir à partir de propositions que je leur fais.

Pour *Il silenzio*, j'ai demandé à Lucia de dire : "Nous sommes tous en train de mourir / Et chaque minute qui passe nous rapproche un peu plus de la mort…", une réplique de Marilyn Monroe dans son dernier film. Et puis d'enchaîner en répétant une phrase que je lis plus tôt dans la pièce en expliquant sa provenance.

Il y a une phrase qui est inscrite dans le cimetière de Buchenwald où sont enterrés les enfants morts dans le camp de concentration, qui dit : "Quand tu es ici, fais silence. Quand tu sortiras d'ici, ne reste pas silencieux."

"Nous sommes tous en train de mourir…" et "Quand tu es ici fais silence…" sont deux phrases fondamentales parce qu'elles disent la mort, d'une part, et le silence, de l'autre. Au moment où elles sont associées dans le déroulement du spectacle, ces deux citations devaient être en totale cohérence avec le personnage qui les dit. Comme si ce personnage avait perdu le contrôle. J'ai travaillé avec Lucia qui s'est complètement approprié cette séquence.

Mais, en général, quand tu mets en relation texte et action, tu fais en sorte qu'un autre sens que celui du texte jaillisse de l'ensemble.

Il n'y a aucun naturalisme, car quand elle crie ces phrases, elle rit, elle danse. Il y a un jeu d'opposition, de contrepoint : elle crie et elle se remet à danser. Dans son cri, passe une sorte de désespoir concret, mais aussitôt après elle part dans une direction autre. Dans *Il silenzio*, il y a une grande simplicité de gestes, c'est pourquoi s'il me fallait choisir celle de mes pièces que je préfère, ce serait sans doute celle-ci. En même temps, c'est un énorme spectacle, énorme et petit à la fois. Il y a le nombre des acteurs, trente-deux, et il y a les petits gestes de Bobò. Et il y a le lieu, impressionnant, qui a été déterminant dans la construction du spectacle, avec le danger que représentait la tentation d'utiliser le *Cretto* de Burri.

Vous ne l'avez pas du tout investi ?

Non, l'espace scénique était situé devant et, à certains moments seulement, il était éclairé. Mais la présence du *Cretto* est imposante et, même si on ne le regarde pas, on sent sa présence. Il y a une séquence où Gianluca et Fadel jouent au football silencieusement, puis ils s'insinuent dans le *Cretto* et s'appellent l'un l'autre en pénétrant dans les ruelles. Et là, pour la première fois, la ville morte de Gibellina apparaît.

Cette scène me rappelle celle à laquelle tu as assisté en Bolivie : ces garçons qui jouaient au ballon dans un champ à la tombée de la nuit...

Oui, c'est une image très forte, que j'avais déjà utilisée dans *Morire di musica* et que j'ai reprise dans mon film *Guerra*. Pour cette séquence d'*Il silenzio*, le *Cretto* prenait une valeur dramaturgique fondamentale. Ce sont deux enfants, l'un mongolien, l'autre réfugié sarahoui, deux "marginaux", deux "exclus", mais pour des raisons différentes, qui jouent ensemble dans un "lieu de mort". C'est une description que je fais *a posteriori*, pour expliquer le poids de cette scène dans ce décor particulier. Mais elle n'a pas été construite dans cette intention, c'est le sens qu'elle a pris là.

Il y a une autre image où Nelson est comme immergé dans le lieu et où Danio chante.

Amoureux du soir, amoureux de la lune,
Nous qui connaissons la nuit sans en avoir peur,
Amoureux de cette fleur qui ne veut jamais dire
voilà, tout est fini, il faut s'en aller.

Maintenant c'est le moment d'aller dormir,
En laissant tomber le livre
Qui nous a aidés à comprendre
Qu'il suffit d'un souffle de vent pour nous guider
Parce que nous sommes des navigateurs qui ne naviguons jamais.

Il silenzio

Par ailleurs, il y a eu d'énormes scandales liés au tremblement de terre et à la construction de la nouvelle ville de Gibellina. Angelo Guerci, qui est très engagé, m'a reproché de ne pas les avoir dénoncés. Mais même si le théâtre n'est pas une tribune, on ne pouvait pas faire abstraction de ces événements. J'ai donc imaginé une scène de banquet avec des personnes élégantes, un évêque, un militaire, un maire… Et derrière cette table, il y a la présence du *Cretto*, cette image de destruction, de mort. C'est le contraste qui donne sa portée dramaturgique à la scène.

Il silenzio est sans doute la grande œuvre de Bobò : dans *Barboni*, dans *Guerra*, il est présent en tant que personne, mais dans *Il silenzio* il est complètement un personnage. C'est lui qui, dans cette scène, est le maire qui fait son discours, mais il joue aussi un boxeur, un mafioso, un clown plus beau encore que les clowns de Fellini, et un vieux, très vieux… Il atteint dans cette pièce un degré de poésie extraordinaire. Mais il y a aussi autre chose : Bobò est très heureux dans cette pièce parce que Lucia est constamment à côté de lui, alors il cherche peut-être à démontrer qu'à côté de Lucia il peut donner le meilleur…

Il silenzio, Gibellina, 2001.

C'était le matin du 4 janvier 1968. Les gens se regroupaient pour marcher sur la ville. Des colonnes en provenance de tous les villages : Godoy Cruz, Guaymallén. Ouvriers, employés... On disait : "Rien n'est plus fort que les gens. La force d'un peuple est comme la puissance de la terre. Quand se lève le magma de la rage du peuple, il se dégage une énergie à déplacer les montagnes." On n'avait jamais vu autant de gens dans les rues de Mendoza. On criait surtout : "Education pour la liberté !" Vous savez comment les touristes appellent Mendoza ? "La terre du soleil."

Il silenzio

Comme les autres spectacles, *Il silenzio* aborde différents thèmes : le tremblement de terre de Gibellina devient une métaphore pour parler de la révolution comme séisme, de la révolte d'un peuple en Argentine ou des bouleversements de l'amour. Il y a comme un voyage.

Il y a donc deux notions clés, le silence et le tremblement...

Oui, le mot "silence" est comme un leitmotiv. Je fais une série de variations sur ce mot : "Le silence de l'attente, le silence de mon père, le silence de Bobò, le silence des sourds", puis je lis un texte de Beethoven qui parle de sa surdité et de l'art qui l'a sauvé. C'est assez curieux, d'ailleurs, parce que je lis cette lettre en finissant par la signature, Ludwig van Beethoven, et les gens comprennent alors seulement que ce n'est pas moi qui parle, ce qui crée un effet dramatique. C'est cette ambiguïté constante, ce déséquilibre sur lequel je joue aussi dans *Il tempo degli assassini* quand je dis : "Moi aussi j'avais un ami."

Comme *Itaca* et *Her Bijit*, *Il silenzio* a été créé dans et pour un lieu dont les qualités propres ont déterminé la dramaturgie. Pourtant *Il silenzio* est la seule de ces trois pièces qui a été reprise. Quelles adaptations a nécessitées cette reprise ?

Quand les représentations à Gibellina ont été terminées, je me suis demandé ce qu'allait devenir la pièce. J'ai vraiment cru d'abord que, comme *Itaca* ou *Her Bijit*, *Il silenzio* était indissociable du lieu où il avait été créé. La seule différence, majeure, c'est que, contrairement aux deux autres, le public était statique : on pouvait reprendre le spectacle, avec toutes les entrées et sorties des acteurs. C'est vrai qu'en l'absence du site il y avait un problème dramaturgique à résoudre. En même temps, la pièce avait une telle force intrinsèque…

La première fois que nous l'avons reprise dans un théâtre traditionnel, c'était à Modène. J'ai d'abord eu l'idée de couvrir le plateau de sable et ensuite la solution s'est imposée : au début du spectacle, je plante trois croix, très sommaires, et ça fonctionne.

Autrement dit, tu désignes le lieu comme cimetière.

C'est vrai que nous avons perdu la vision du *Cretto*, l'image du lieu d'origine, mais nous avons gardé la même intensité dramatique. Trois signes très simples ont suffi à maintenir ou à transposer l'intensité dramatique du lieu. Ce n'était pas facile, je crois qu'il m'a fallu plusieurs mois pour arriver à cette solution. En tout cas, la reprise à Modène, dans un théâtre à l'italienne, a fait la preuve qu'avec quelques aménagements il était possible de reprendre *Il silenzio* dans un autre cadre que celui de Gibellina. Cette transposition était la plus difficile à réaliser, plus encore que dans des salles de construction récente qui sont comme des boîtes noires.

Par la suite, nous avons fait des expériences intéressantes en programmant la pièce dans divers lieux : à Castiglioncello, dans une saline au bord de la mer, et dans un grand parc de Volterra – deux espaces ouverts dans lesquels j'ai travaillé les entrées des acteurs de manière à faire en sorte que, comme des fantômes, ils surgissent de nulle part. J'ai simplement ménagé des zones d'ombre, des zones d'inconnu – la mer à Castiglioncello, dont la présence était sensible même si elle n'était pas visible, les arbres dans le parc de Volterra. Nous avons également joué dans un hangar ou encore sur la place d'une petite ville, Macerata, et tous les acteurs arrivaient par les ruelles qui débouchent sur cette place…

C'est le seul spectacle qui nécessite deux jours de montage. A Avignon, nous avons dû totalement transformer le lieu : c'était une cour d'école, banale, comme on en trouve partout, mais avec de petits changements, nous en avons fait un lieu de rêve. A Berlin, nous avons joué dans un immense théâtre, sur un plateau de trente-cinq mètres de profondeur, et c'était très impressionnant. Un jour, à Rome, nous jouions en extérieur et il s'est mis à pleuvoir : j'ai alors proposé au public d'attendre deux heures, le temps de nous installer dans une petite salle du Teatro India où nous pourrions leur présenter des fragments de la pièce. Finalement, trois heures après, bien que le plateau soit très petit, nous avons joué et, même si ce n'était pas vraiment *Il silenzio*, c'était très fort. C'est aussi en ce sens que le théâtre peut devenir une expérience de vie. Il y a peut-être un peu de masochisme chez moi, mais je sais que, dans ces situations, je suis content, ça m'amuse.

Mais *Il silenzio* nécessite malgré tout un espace important ?

Il y a trente-deux acteurs dans *Il silenzio*… Et pour des scènes comme le défilé des majorettes ou la ronde, nous avons besoin d'espace. Mais une autre fois, l'université de Bologne m'avait demandé de présenter *Il silenzio* dans une salle minuscule, avec un plateau de huit mètres par treize, et j'ai accepté. Au départ, tous les acteurs étaient très inquiets de l'exiguïté du plateau, mais c'est toujours intéressant de se détacher des conditions de jeu habituelles. Certaines qualités étaient perdues, mais nous en avons trouvé d'autres. On peut aussi jouer avec la lumière pour créer des effets de profondeur en l'absence d'une profondeur réelle. Au début, les acteurs détestent être confrontés à ce genre de situations, mais souvent elles s'avèrent très intéressantes sur le plan de l'apprentissage.

Je crois que c'est aussi un signe de vitalité que de pouvoir prendre un risque par rapport au lieu. Nous avons joué *Il tempo degli assassini* dans tous les lieux possibles et imaginables et cette capacité d'adaptation est devenue une sorte de tradition dans mon travail. Nous avons joué *Barboni* dans un tout petit espace, sous un chapiteau de cirque, et c'était très fort. Pour la fête de la Rifondazione comunista, nous avons joué *Guerra* sur la plateforme d'un camion, devant deux mille cinq cents personnes…

Est-ce que tous les spectacles sont aussi malléables, aussi adaptables aux lieux quels qu'ils soient ?

Le seul spectacle qui n'est pas adaptable, c'est *Esodo*, à cause du décor qui répond à des contraintes précises. *Gente di plastica* a aussi besoin d'un espace minimal, mais il reste plus souple.

Nous avons été invités à présenter *La rabbia* et *Il tempo degli assassini* dans une université en Albanie où il n'y avait rien, aucun moyen technique, et où il a fallu choisir entre la musique et la lumière... Au début, je suis resté sans voix et puis finalement, j'ai dit : "Bon, d'accord, la musique est plus importante que la lumière." Pour la lumière, il n'y avait que des interrupteurs et il a fallu inventer des solutions. On nous a emmenés dans une salle avec des monceaux de chaises et de tables pêle-mêle, des objets au rebut, et c'était le lieu où nous devions jouer. Nous avons donc passé une journée entière à tout nettoyer et à aménager la salle. Le lendemain, quand nous sommes revenus, la porte était fermée : il y avait un cours qui se déroulait dans la salle. Un professeur avait trouvé cette salle bien propre, bien rangée, et il avait décidé de s'y installer. On a un peu discuté avec lui, mais il n'y avait rien à faire : nous devions attendre jusqu'à cinq heures qu'il ait fini son cours, alors que la représentation commençait à sept heures. Il y a eu un peu de panique, mais c'était une expérience très vivante. C'est important de pouvoir s'adapter à toutes sortes de situations, de ne pas dépendre trop d'un lieu défini ou de conditions précises de représentation.

Le rapport entre le corps et l'espace est un aspect important du training qui touche au fait de travailler avec d'autres personnes dans un espace déterminé. Avec *Il tempo degli assassini*, que nous avons créé dans un très petit espace et que nous avons joué dans des lieux très divers, nous avons beaucoup travaillé sur ce rapport entre soi et l'autre en fonction de l'espace. Par la suite, nous avons transmis cette expérience aux acteurs de la compagnie. De telles situations sont très importantes pour développer ce type de relations entre soi, son corps, et le corps des autres protagonistes dans un espace déterminé – qui peut être aussi bien un espace petit qu'un grand espace.

POURVU QUE LES ORDURES NE S'ACCUMULENT PAS

1.

Bonsoir tout le monde !
Vous souvenez-vous de Frank Zappa ?
Ce soir, nous allons commencer avec quelques mots de Frank Zappa, des mots pris çà et là dans son livre Je suis un homme plus dur que ton mari.

Il y avait une poupée qui ressemblait à maman.
Elle savait tout faire sauf pleurer comme elle.
Il y avait un pantin qui ressemblait à papa.
Un petit bonhomme sympathique qui, quand on appuyait sur le bouton, demandait "des sous, des sous, des sous"…
Il y avait un livre avec des bébés souriants.
Et un éclairage au néon.

Quelquefois la maman disait au papa :
"Je ne veux pas que notre histoire d'amour finisse parce qu'on se dispute pour un salon !
Nous avons déjà tant de soucis
Nous avons déjà tant de soucis
Tant de soucis…"

Oui, musique !

2.

Le papa et la maman se sont toujours très bien entendus.

Même si, parfois, la maman disait : tu comprends, c'est vrai, dans une maison où tu es toute seule, où tu n'as rien à faire, tu ne trouves pas ton rythme…
Je me suis toujours demandé si j'aurais pu devenir une femme célèbre, je ne sais pas, une actrice, une entrepreneuse, un professeur d'université. Oui, c'est vrai, ton destin, tu le choisis. Mais je ne devrais peut-être pas te dire tout ça, parce que moi, enfin nous, au fond nous sommes libres, tu comprends, libres de voyager, de sortir, d'acheter, libres d'exister… Même si, dans un certain sens, comme le dit ma tante, on court, on court, on court, mais c'est la vie. Pourvu que les ordures ne s'accumulent pas, pourvu qu'elles soient ramassées. Qu'est-ce qui compte ? Tu sais, aujourd'hui, on n'a rien pour rien. Aujourd'hui chacun ne pense qu'à soi…
Mes enfants m'ont donné tant de soucis, si c'est vrai !
mais aussi tant de satisfaction,
tant de soucis, mais tant de satisfaction
tant de satisfaction,
tant de satisfaction…

Allez, musique, FRANK ZAPPA !

Gente di plastica

Le titre de *Gente di plastica* fait référence à la chanson de Frank Zappa *Plastic People*. La pièce est-elle un hommage à Zappa, l'artiste et l'homme ?

Avec Vittorio, j'ai beaucoup voyagé pour aller voir des concerts et j'ai assisté à la plupart des grands concerts rock de ces années-là, notamment ceux de Frank Zappa. La maison était pleine de musique, mais Zappa était ma passion, je connaissais pratiquement chaque note de ses musiques. Je le considérais et je le considère encore comme un précurseur, un grand maître : il a abordé des genres musicaux très divers, jazz, rock, pop, et toujours d'une manière extraordinaire. C'était donc un compositeur très éclectique, mais d'une grande rigueur, d'une grande précision, et j'étais très sensible aussi à son attitude en concert, à sa froideur, à cette distance qu'il manifestait. J'avais déjà utilisé une de ces compositions, un morceau de guitare très doux, dans *Il tempo degli assassini*. Mais sa musique n'est pas facile à utiliser au théâtre, parce qu'elle est très complexe, elle change tout le temps de registre. J'avais donc envie, depuis longtemps déjà, de travailler sur la musique de Zappa. Mais, comme chaque fois, la pièce est née d'un sentiment de crise.

Je m'étais installé à Modène dans une petite maison que j'avais commencé à aménager. Je me suis mis à chercher des meubles et c'est devenu comme un nouveau voyage : après avoir découvert l'univers de la folie, de la psychiatrie, après avoir découvert la vie des réfugiés… je me suis initié au monde des antiquaires ! Les meubles anciens étaient devenus une véritable obsession, une maladie. Au point qu'un jour j'ai dit à Pepe : "J'ai vu un bureau qui m'a fait pleurer !" C'est resté dans le spectacle, c'est devenu : "Je ne veux pas détruire notre histoire d'amour parce qu'on se dispute pour un salon."

En même temps, cette période était intéressante parce qu'elle m'a donné l'occasion d'explorer le monde de la normalité en général, et en particulier le milieu de la mode. La mode, vestimentaire notamment, est vraiment un phénomène très fort en Italie. Grâce à un ami, j'ai pu assister à des défilés. C'était une démarche dénuée de jugement de valeur ou de regard critique. Je me souviens en particulier d'une journée à Milan, passée à voir des défilés, à prendre des photos… Je n'étais arrivé avec aucun *a priori* négatif, mais quand je suis sorti j'ai éprouvé une profonde tristesse. C'était peut-être la pluie, l'hiver, je ne sais pas, mais en tout cas c'était mon sentiment.

Gente di plastica est donc né à ce moment, un moment qui était aussi celui où notre travail accédait à un certain degré de reconnaissance et où je constatais une certaine schizophrénie dans nos relations avec les gens qui nous entouraient.

A quel moment la compagnie s'est-elle installée à Modène en s'associant au théâtre subventionné de la région, l'Emilia-Romagna Teatro ?

Le directeur de l'ERT, que nous connaissons depuis *Il tempo degli assassini*, nous l'avait proposé aussitôt après la création de *Barboni*. A ce moment-là, j'avais refusé parce que je préférais travailler avec plusieurs partenaires, je me sentais plus libre. Mais c'est toujours très compliqué de monter des coproductions et, par ailleurs, la compagnie n'a jamais obtenu de financement direct du ministère de la Culture. Alors nous avons fini par rentrer dans l'ERT et, depuis 2000, nous sommes en résidence à Modène. Nous avons perdu un peu de notre indépendance, mais nous avons une totale autonomie en matière de création. Le directeur de l'ERT a un absolu respect à l'égard de mon travail, mais c'est vrai que nous sommes pris dans un système de relations complexe.

La crise que je traversais au moment de la création de *Gente di plastica* n'était pas liée à des difficultés relationnelles précises, c'était plutôt une sensation, presque physique. J'étais hypersensible à la complexité et à la folie de la vie normale, à cette "tragédie de la normalité" : je me souvenais de périodes de ma vie où je luttais pour vivre, alors que soudain je me retrouvais à lutter pour un meuble ! Enfin, "lutter pour un meuble", c'est excessif, mais ça signifie que je m'étais un peu perdu là-dedans.

Je suis celui qui a gazé les Juifs,
celui qui a égorgé les Arabes,
celui qui a tiré sur les Kurdes,
embroché des petits enfants nus tandis que les hurlements
de leurs mères devenues folles déchiraient les nuages.
Je mourrai et quand je reviendrai à la vie, je me réincarnerai en ton fils, mais en cinquante fois pire,
cinquante fois pire.
Et je transformerai ta vie en un putain d'enfer sur terre.

Gente di plastica

Pourtant, *Gente di plastica* n'est pas une contestation politique, sociale ou idéologique. C'est vrai que la période que nous traversons en Italie est une période difficile, mais Berlusconi n'est que le symptôme d'un problème beaucoup plus grave. *Gente di plastica* traite donc, non pas de la situation actuelle en Italie, mais d'un problème culturel profond qui se posait avant l'accession de Berlusconi au pouvoir – un problème lié à la perte du sens de la vie et de de la mort, à la perte de certaines valeurs d'ordre spirituel. Tout est devenu apparence. La télévision et l'attrait qu'elle exerce en sont des indices, mais il y en a bien d'autres dans la société, dans la politique et dans la culture. Or je suis partie prenante du contexte dans lequel nous vivons, ce qui signifie que j'en suis moi aussi responsable. En tant qu'artiste, j'estime avoir la possibilité et le devoir de regarder ce qui se passe avec un peu de recul. C'est de cette nécessité qu'est né *Gente di plastica*, mais, comme toujours, il y a des facteurs contingents et d'autres éléments se sont greffés au cours du travail de création.

Ainsi, chaque année, la ville de Rome organise un événement très chic pour le jour des Morts : elle invite un acteur à dire des textes dans un grand cimetière, le Cimitero Acattolico. L'acteur choisit lui-même les textes, mais il a une obligation, lire *Les Cendres de Gramsci* de Pasolini, parce que Gramsci est enterré là. On m'avait demandé de jouer ce rôle et j'ai accepté. Alors en novembre 2001, au début des répétitions de *Gente di plastica*, je suis allé à Rome avec Pierino.

C'était une expérience très intéressante. Pour commencer, j'avais refusé de lire l'intégralité des *Cendres de Gramsci*. J'avais trouvé un compromis qui consistait à réduire le texte. J'ai fait un montage à partir de ce qu'il y a de plus simple dans le texte, de ce qui échappe à l'intellectualisation. Ce sont les passages où Pasolini s'adresse à Gramsci avec une sorte de nostalgie et ceux où il se parle à lui-même pour dire le regret des révolutions manquées. Avec la musique jouée par Pierino, c'est devenu une sorte de chant. Après cette lecture, je me suis mis à marcher dans le cimetière – et les gens me suivaient, c'était comme une procession – jusqu'à la tombe de Dario Bellezza, un poète italien mort du sida, où j'ai lu quelques-uns de ses poèmes. Et pour finir, j'ai entraîné le public jusqu'à une grande pelouse où j'ai lu un poème d'Ungaretti, qui a vécu une longue vie – il est mort presque centenaire –, puis un texte de Sarah Kane – morte à vingt-huit ans.

Comment as-tu découvert Sarah Kane ?

Je ne me souviens plus. Sans doute quelqu'un m'a conseillé de la lire. J'avais donc acheté un livre, puis j'ai lu toutes ses œuvres et son écriture m'a touché. J'ai surtout été sensible à *4.48 Psychose* dans lequel j'avais souligné des passages, mais sans intention particulière. J'ai eu envie de lire Sarah Kane à cette occasion parce que ce sont les mots d'une personne jeune qui a vécu une vie complète – elle est morte parce qu'elle a décidé de se suicider. C'est ce que j'ai expliqué au public. J'ai choisi dans le texte les passages où elle dit : je veux mourir pour être libre, pour être aimée, pour être moi-même... et c'était comme un chant.

Parallèlement, je préparais un opéra radiophonique pour la RAI, *Il volo*, pour lequel je me suis inspiré du principe d'un monologue de Tchekhov, *Les Méfaits du tabac*, dans lequel un professeur fait une conférence, puis se met à raconter sa vie jusqu'au moment où il est interrompu et où il reprend une apparence de normalité. A moins que ce ne soit l'inverse, son monologue commence dans une théâtralité, puis sa parole devient plus intime et soudain un événement extérieur le ramène au théâtre. Cet effet de bascule entre la représentation et l'intime m'intéressait beaucoup, mais, à part quelques emprunts à Zappa, j'ai écrit tous les textes d'*Il volo*. Pour *Gente di plastica*, j'ai également conservé de cette expérience la figure de l'animateur radio.

Ce sont les différents éléments qui sont entrés dans le spectacle : Frank Zappa, le texte de Sarah Kane et cet opéra radiophonique. Et puis, il y a eu toutes les propositions des acteurs auxquels j'avais demandé de travailler sur la mode.

C'est Zappa qui a déterminé le contexte général de la pièce ?

Je suis parti plus ou moins des paroles de *Plastic People*, cette critique des apparences – Zappa était un grand provocateur et certaines de ses chansons lui ont valu des procès. Mais les éléments du spectacle sont apparus de différentes manières. Et certaines choses sont aussi entrées un peu par hasard dans la composition. Les masques d'animaux par exemple, que nous avions achetés deux ans plus tôt et qui faisaient partie de nos accessoires… Ou la chanson d'Elvis Presley que Lucia m'avait proposé d'utiliser et sur laquelle j'ai imaginé la scène de famille qui intervient au début de la pièce.

A l'origine, tu pensais utiliser dans *Gente di plastica* des fragments de textes de Sarah Kane ?

La dramaturgie de *Gente di plastica* est très complexe et c'était long et difficile d'agencer tous les éléments, textes, mouvements, musiques. Quand j'ai introduit les extraits de *4.48 Psychose*, j'étais convaincu, un équilibre était trouvé. Jusqu'au jour où les ayants droit de Sarah Kane, la veille de la première à Rome, m'ont interdit d'utiliser son texte. Alors le soir de la première, au moment où s'inséraient ces fragments, on a allumé la salle, je suis descendu dans le public et j'ai dit : "Maintenant je ne peux plus parler parce qu'on m'a défendu d'utiliser le texte de Sarah Kane, sous prétexte qu'il n'était pas donné intégralement. Or mon intention était de rendre hommage à une femme qui, bien que d'une façon tragique, a trouvé une cohérence entre les mots qu'elle a écrits et la vie qu'elle a vécue. Je vais donc prendre trois jours pour écrire les mots qui manquent, en allant puiser dans les moments douloureux de ma propre vie." C'était très émouvant parce que certains spectateurs ne comprenaient pas ce qui se passait, si c'était du théâtre ou de la vie. Trois jours plus tard, nous avons repris le spectacle avec un nouveau texte qui est mon hommage à Sarah Kane, et c'est ce jour-là, je crois, que la pièce a vraiment été achevée. En fin de compte, même les parents de Sarah Kane ont joué un rôle dans la création de *Gente di plastica*, et il me semble que la pièce est plus juste ainsi.

Moi aussi, tu sais, j'ai très peur.
J'ai perdu le contrôle de ma pensée.
Les pensées s'envolent.
Restez ici, restez ici, restez ici, restez ici, restez ici.
Ce sont des pensées noires
Ce sont des pensées sombres.
Des pensées de mort.
Un monstre noir dans mon corps.
Il court dans mon sang.
Les entrailles me brûlent.
Ne laissez pas ce poison entrer dans mes veines, dans mon cerveau, dans mon cœur.

Gente di plastica

Toutes ces étapes, toutes ces histoires ont été nécessaires et la création est passée par différents états, différentes phases avant d'aboutir. La pièce est terminée maintenant, et je peux commencer à réfléchir à la prochaine. Parce que tant qu'un spectacle n'est pas terminé je ne peux pas passer au suivant.

PARCOURS DE PIPPO DELBONO

Pippo Delbono est né en 1959 à Varazze, province de Ligurie, Italie.

THÉÂTRE

Il tempo degli assassini (Le Temps des assassins), mise en scène Pippo Delbono, avec Pippo Delbono et Pepe Robledo, Teatro della Collegiata, Santarcangelo, 2 juillet 1987.

Morire di musica (Mourir de musique), dramaturgie et mise en scène Pippo Delbono, avec Pippo Delbono, Pepe Robledo et Alejandro Zamora, Teatro San Geminiano, Modène, 3 novembre 1988.

Il muro (Le Mur), dramaturgie et mise en scène Pippo Delbono, avec Antonio Carallo, Maria Consagra, Pippo Delbono, Dominique Duszynski, Raffaella Giordano, Danio Manfredini, Mariagrazia Mandruzzato, Anna Redi, Pepe Robledo et Alejandro Zamora, Teatro Zandonai, Rovereto, 5 septembre 1990.

Enrico V, dramaturgie et mise en scène Pippo Delbono d'après William Shakespeare, avec Pippo Delbono, Gustavo Giacosa, Pepe Robledo et des stagiaires, Teatro Ponchielli, Crémone, 15 février 1993.

La rabbia (La Rage), dramaturgie et mise en scène Pippo Delbono, avec Piero Corso, Pippo Delbono, Gustavo Giacosa, Lucia Della Ferrera, Simone Goggiano, Elena Guerrini, Pepe Robledo et des comédiens amateurs, Palazzo delle Esposizioni, Rome, 23 novembre 1995.

Barboni (Clochards), dramaturgie et mise en scène Pippo Delbono, musique de Piero Corso, avec Bobò, Piero Corso, Armando Cozzuto, Pippo Delbono, Lucia Della Ferrera, Gustavo Giacosa, Simone Goggiano, Elena Guerrini, Sergio Longobardi (dont le rôle a été repris par Mario Intruglio),

Marina Mondini (dont le rôle a été repris par Margherita Clemente), M. Puma (Gianni Briano), Pepe Robledo, Teatro Nuovo, Naples, 15 mars 1997.

Itaca, dramaturgie et mise en scène Pippo Delbono, avec Gianluca Ballarè, Bobò, Piero Corso, Armando Cozzuto, Pippo Delbono, Lucia Della Ferrera, Fausto Ferraiuolo, Gustavo Giacosa, Simone Goggiano, Elena Guerrini, Mario Intruglio, Nelson Lariccia, Marina Mondini, M. Puma (Gianni Briano), Tomaso Olivari, Pepe Robledo, des stagiaires du centre La danza nel teatro et des ouvriers des Chantiers navals, Chantiers navals, Pietra Ligure, 3 septembre 1998.

Guerra (Guerre), dramaturgie et mise en scène Pippo Delbono, avec Gianluca Ballarè, Bobò, Piero Corso, Armando Cozzuto, Pippo Delbono, Lucia Della Ferrera, Fausto Ferraiuolo, Gustavo Giacosa, Simone Goggiano, Elena Guerrini, Mario Intruglio, Nelson Lariccia, Marina Mondini (dont le rôle a été repris par Margherita Clemente), M. Puma (Gianni Briano), Tomaso Olivari, Pepe Robledo, CRT-Teatro dell'arte, Milan, 10 novembre 1998.

Her Bijit, dramaturgie et mise en scène Pippo Delbono, avec Dolly Albertin, Bobò, Gianluca Ballaré, Enkeleda Cekani, Piero Corso, Pippo Delbono, Lucia Della Ferrera, Fausto Ferraiuolo, Gustavo Giacosa, Simone Goggiano, Angelo Guerci, Elena Guerrini, Mario Intruglio, Nelson Lariccia, Maura Monzani, Mohamad Hussein Moussa, Tomaso Olivari, M. Puma (Gianni Briano), Pepe Robledo, des membres des communautés rom et africaine, et des stagiaires de la Biennale Teatro, Biennale de théâtre de Venise, 28 août 1999.

Esodo (Exode), dramaturgie et mise en scène Pippo Delbono, avec Fadel Abeid, Dolly Albertin, Gianluca Ballarè, Bobò, Enkeleda Cekani, Piero Corso, Pippo Delbono, Lucia Della Ferrera, Fausto Ferraiuolo, Gustavo Giacosa, Simone Goggiano, Elena Guerrini, Mario Intruglio, Nelson Lariccia, Maura Monzani, Mohamad Hussein Moussa, Tomaso Olivari, Pepe Robledo, Teatro Storchi, Modène, 18 janvier 2000.

Il silenzio (Le Silence), dramaturgie et mise en scène Pippo Delbono, avec Fadel Abeid, Dolly Albertin, Gianluca Ballarè, Raffaella Banchelli, Bobò, Viola Brusco, Luigi Cagnino, Enkeleda Cekani, Margherita Clemente, Pippo Delbono, Lucia Della Ferrera, Ilaria Distante, Claudio Gasparotto, Gustavo Giacosa, Simone Goggiano, Elena Guerrini, Mario Intruglio, Nelson Lariccia, Danio Manfredini, Maura Monzani, Gianni Parenti, Pepe Robledo, Marzia Valpiola, musiciens Piero Corso, Fausto Ferraiuolo, Tomaso Olivari, Giovanni Ricciardi, Orestiades, Gibellina, 20 juillet 2000.

Gente di plastica (Gens de plastique), dramaturgie et mise en scène Pippo Delbono, avec Dolly Albertin, Gianluca Ballarè, Bobò, Enkeleda Cekani, Margherita Clemente, Piero Corso, Pippo Delbono, Lucia Della Ferrera, Fausto Ferraiuolo, Gustavo Giacosa, Simone Goggiano, Elena Guerrini, Mario Intruglio, Nelson Lariccia, Maura Monzani, Pepe Robledo, Teatro delle Passioni, Modène, 22 janvier 2002.

CINÉMA

Itaca, scénario, montage et réalisation Pippo Delbono. Avec les élèves de la Scuola civica di teatro et de la Scuola civica di cinema di Milano, 37', couleur, 1990.

L'India che danza (L'Inde qui danse), scénario et réalisation Pippo Delbono, montage Marino Lagorio, 35', couleur, 1993.

Guerra, scénario et réalisation Pippo Delbono, caméra Paolo Santolini, montage Marco Spoletini, 61', couleur, 2003.

RADIO

Il volo, drame radiophonique de Pippo Delbono, dans le cadre du projet "Il Terzo Orecchio" de Mario Martone, 50', Radio RAI Tre, 2002.

SUR PIPPO DELBONO

PUBLICATION

Barboni, Il teatro di Pippo Delbono, sous la direction d'Alessandra Rossi Ghiglione, avec la collaboration de Pippo Delbono, Pepe Robledo et Oliviero Ponte di Pino, introduction de Franco Quadri, photographies de Guido Harari, Milan, Ubulibri, 1999 (retirage 2000).

FILMS

L'Arsenale di Pippo, 52', couleur, réalisation Francesco Cabreras et Alberto Molinari, RaiSat, 1999.

La poetica di Pippo Delbono, 15', couleur, réalisation Francesco Corona, Taormina Film Festival, 1999.

Ancora posso scrivere d'amore. Luoghi della memoria : *Pippo Delbono legge Pasolini, Bellezza, Kane, Ungaretti, Gregory Corso al Cimitero Acattolico per gli Stranieri*, 30', couleur, réalisation Daria Deflorian, Roma Film Festival, 2001.

Ecce Homo, 50', 35 mm, noir et blanc, réalisation Mirjam Kubescha Mirjam Kubescha / Confine Film, 2001).

RADIO

La strana coppia (L'Etrange Couple), série de cinq émissions en dialogue, avec Pippo Delbono et le poète Mario Luzi, 150', production Daria Deflorian Radio RAI Tre, 2001.

Pippo Delbono, "Le monde en soi", 60', production Nadine Demange, réalisation Marie-Ange Garrandeau, France Culture, 2003.

CRÉDITS PHOTOGRAPHIQUES

OUVRAGE RÉALISÉ
PAR L'ATELIER GRAPHIQUE ACTES SUD
ACHEVÉ D'IMPRIMER
EN JANVIER 2004
PAR L'IMPRIMERIE FLOCH
A MAYENNE
POUR LE COMPTE DES ÉDITIONS
ACTES SUD
LE MÉJAN
PLACE NINA-BERBEROVA
13200 ARLES

DÉPÔT LÉGAL
1re ÉDITION : FÉVRIER 2004
N° impr. : 59071
(Imprimé en France)